Il parlait d'une voix dont il connaissait le pouvoir.

"Si vous voulez réussir dans la vie, ma petite Lorène, il faut vous débarrasser de cette gentillesse qui vous rend si vulnérable." Puis il reprit en resserrant son étreinte : "Sachez que la race des conquérants est dure, impitoyable. Vous êtes encore trop tendre, trop fragile…"

Elle ne l'écoutait plus. Arc-boutée des deux mains contre ses épaules, elle cherchait à s'écarter de lui. "Au fond," lança-t-elle avec rage, "vous n'êtes qu'un tyran. L'habitude de commander vous emplit d'orgueil au point de vous croire la maître partout où vous passez!"

"En voilà assez!" gronda-t-il. "Parler vous sauve peut-être d'une faiblesse dont vous vous repentiriez plus tard, mais je vous conseille de remonter dans votre chambre et d'y méditer mes paroles."

NOUVEAU!

Pour fêter le retour du printemps, la collection Harlequin Romantique se pare d'une nouvelle couverture . . . plus belle, plus tendre, plus romantique!

Ne manquez pas les six nouveaux titres de la collection Harlequin Romantique!

L'envers du rêve

BETTY ROLAND

Collection Colombine

PARIS • MONTREAL • TORONTO

Publié en avril 1983

ISBN 0-373-48058-X

Dépôt légal 2e trimestre 1983
Bibliothèque nationale du Québec et Bibliothèque nationale
du Canada.

Imprimé au Canada—Printed in Canada

CHAPITRE PREMIER

A l'entrée de la propriété, Lorène arrêta sa voiture, en descendit avec un soupir de soulagement. Depuis qu'elle avait emprunté ce chemin défoncé, elle craignait de briser un amortisseur dans les ornières.

Les grilles en fer forgé étaient ouvertes. Le domaine semblait désert, le pavillon des gardiens, inhabité. Elle avança de quelques pas. En contrebas, apparut le château.

— Tu verras, lui avait dit Gina. C'est aussi beau que Versailles.

Versailles? A son habitude, Gina exagérait. C'était tout au plus, le Petit Trianon. Un Trianon un peu décrépi que l'on aurait coiffé d'ardoise. De l'endroit où Lorène se tenait, elle dominait la façade arrière : celle de l'entrée principale que précédait une vaste cour pavée.

Du regard, elle embrassa le parc boisé qui, au-delà des toits, descendait en pente douce jusqu'à la lointaine rivière. Elle pensa que l'enthousiasme de sa cousine était justifié. Le site était vraiment enchanteur. La jeune femme lui avait précisé :

— Fin mai et en milieu de semaine, ce doit être le grand calme. L'hôtel sera vide, le personnel, à notre dévotion. A nous, la vie de château !

Le calme, Lorène l'appréciait. Elle n'entendait que le gazouillis des oiseaux. Quant à la solitude...

Une dizaine de véhicules étaient rangés dans la cour. Des carrosseries longues et luxueuses comme dans les films américains.

Lorène fronça ses sourcils blonds. Habituée à passer ses loisirs avec des camarades aussi passionnés qu'elle de natation ou de marches en forêt, elle connaissait mieux les habitués des clubs sportifs que ceux des palaces.

Estimant que sa petite auto ne serait pas à sa place auprès de ces voitures au luxe arrogant, elle décida de faire demi-tour.

Pensive, elle remit le contact, se demandant d'où elle pourrait joindre sa cousine pour lui communiquer ses réflexions. Nulle part, sur la route, elle n'avait aperçu de cabine téléphonique.

Alors qu'elle enclenchait la marche arrière, un coup d'œil sur le rétroviseur lui apprit qu'une longue berline blanche aux chromes étincelants attendait derrière elle de pouvoir franchir les grilles du domaine.

Simultanément, il y eut un bref coup de klaxon et l'ouverture d'une des portières de la berline.

L'œil toujours sur le rétroviseur, Lorène vit sortir deux jambes moulées de bottes en cuir. Puis le reste du corps se déplia. Vêtu d'une culotte de cheval et d'une veste noire, un foulard blanc autour du cou, le passager de la berline était d'une taille élevée.

Par le truchement du miroir, Lorène continuait d'observer l'inconnu qui n'avait pas eu la patience d'attendre qu'elle dégage le passage. Elle distinguait mal ses traits, mais la façon de se mouvoir du personnage dénotait l'autorité, la puissance, la désinvolture. D'une main, il tenait négligemment une cravache, de l'autre, une bombe de chasse. Son profil aux lignes dures, son teint mat, ainsi que ses cheveux noirs,

bouclés et coupés court, étaient ceux d'un homme du
Sud. Trente-cinq, trente-huit ans? Difficile de lui
donner un âge que Lorène situa aux environs de la
quarantaine.

Il se penchait vers son chauffeur.

— Ne vous énervez pas, Carlos. Je peux tout aussi
bien descendre à pied. La marche me fera du bien.
Revenez me chercher comme convenu, mais quittez le
haras assez tôt pour ne pas vous mettre en retard.

Il s'était exprimé en portugais, une langue que
Lorène comprenait et parlait couramment.

Ensuite, la tête haute, il passa à côté de la petite
Morris, jeta un coup d'œil indifférent sur la conduc-
trice, puis franchit le seuil du domaine.

La brève vision de l'étranger avait fasciné Lorène qui
n'avait plus envie de faire demi-tour.

Après tout, ce n'était pas pour se retrouver chez elle,
à Paris, qu'elle avait obtenu un congé en milieu de
semaine, traversé la banlieue, erré dans une campagne
inconnue et manqué de démolir ses amortisseurs sur
une route truffée de nids de poules. C'était pour
répondre à l'invitation de Joaña da Silva, Gina pour les
intimes, sa cousine et meilleure amie, qui avait décidé
de lui offrir une petite fête pour son anniversaire.

Mannequin itinérant, Gina avait réussi à lui réserver
trois jours dans un emploi du temps chargé. Lorène ne
pouvait pas lui faire faux bond.

A la réception, officiait une femme distinguée, à
cheveux blancs.

— Vous avez le 17, dit-elle en tendant une clé à la
jeune fille. Vous êtes Mademoiselle Joaña da Silva?

— Sa cousine. Je m'appelle Lorène Melville.

— Il était temps que vous arriviez. L'hôtel affichant
complet, une heure plus tard, je ne pouvais plus vous
réserver la chambre.

Lorène s'étonna secrètement que l'accueil ne fût pas

plus chaleureux. Pourtant, un mois auparavant, l'hôtel avait séduit Gina venue y présenter une collection de prêt-à-porter.

Le hall recélait de beaux meubles : un coffre Renaissance, une lourde armoire sculptée, une chaise à porteurs qui servait de cabine téléphonique. La rampe de l'escalier était une œuvre d'art, mais le tapis qui recouvrait les marches aurait eu besoin d'un remplaçant.

Personne ne s'étant précipité pour l'en décharger, Lorène porta elle-même son sac de voyage. Elle en conclut qu'en dépit de son titre pompeux, le *Château de la Reine* manquait de personnel.

La chambre donnait à la fois sur le parc et sur la cour où étaient rangées les voitures.

« Au fait, où sont les propriétaires de ces somptueuses berlines ? » se demanda Lorène.

A part le 17, les clés des appartements étaient toutes au tableau de la réception. Le bel inconnu avait dû, lui aussi, s'évanouir dans la nature, car Lorène ne l'avait plus aperçu.

Elle ouvrit la fenêtre sur le parc, se pencha à l'extérieur. La terrasse qui prolongeait en façade les salons et la salle à manger était déserte. Aucune voix ne résonnait dans l'air du soir. Les oiseaux offraient leur dernier concert, et des parfums de glycine arrivaient par bouffées.

La pièce était vaste, de style Louis XVI.

D'une main précautionneuse, Lorène effleura la marqueterie des meubles. Ils étaient d'époque. Elle s'y connaissait et aimait ce qui était beau. Parfois, elle caressait l'envie d'habiter une de ces maisons comme en reproduisent les magazines. En attendant de la réaliser, elle allait, grâce à la générosité de Gina, vivre provisoirement ce rêve.

La salle de bains l'enchanta : désuète avec de gracieux robinets à col de cygne. Bien que l'eau coulât à peine tiède, Lorène s'y prélassa avec délices.

Il n'y avait qu'une serviette. Elle s'en rendit compte trop tard, alors que, ruisselante, elle sortait de la baignoire. Elle s'en accommoda, pensant avec amusement que si la même mésaventure était arrivée à Gina, tout l'hôtel aurait retenti de ses éclats de voix.

D'une exubérance souvent drôle, Gina ne perdait jamais une occasion de se faire remarquer.

Bien que sous des dehors affables, Lorène dissimulât autant de volonté que sa cousine, elle ne ressemblait en rien à Gina. Elle détestait créer des incidents pour des choses qui n'en valaient pas la peine. Tout à l'heure, elle préviendrait discrètement la femme de chambre et l'affaire serait réglée.

Sa gentillesse lui valait l'amitié de tous ses camarades. A vingt ans, Lorène menait une existence sage entre le bureau où elle travaillait et les clubs sportifs où elle continuait d'entraîner un corps qui avait fait longtemps son désespoir.

Enfant, à la suite de l'accident d'auto qui avait tué ses parents et l'avait elle-même grièvement blessée, Lorène était restée de longs mois paralysée des membres inférieurs. Une opération lui avait redonné l'usage de ses jambes. Mais il lui avait fallu beaucoup de patience et de volonté, d'abord pour reconstituer ses muscles, ensuite pour venir à bout d'une légère claudication.

A présent, elle marchait avec autant d'aisance que sa cousine et ses jambes fuselées attiraient bien des regards masculins. Mais son acharnement à retrouver ce qu'elle avait perdu l'avait cantonnée dans un monde où les performances sportives l'emportaient sur les jeux de la coquetterie.

Elle ne maquillait pas son visage à l'ovale pur. Ses yeux ne devaient leur charme qu'à leur lumineuse

couleur verte. Aucun artifice n'avivait l'or naturel de
ses cheveux. Elle se savait jolie parce qu'elle lisait cette
évidence dans les regards qui se posaient sur elle, mais
elle ne déployait aucun effort particulier pour plaire.
Les garçons qu'elle connaissait, elle les appréciait en
tant que camarades ; la pensée d'une idylle avec un
d'entre eux ne l'effleurait pas.

Ce soir, pourtant, au souvenir de l'étranger qui
n'avait jeté sur elle qu'un regard indifférent, elle
ressentait une vague mélancolie ; aussi se félicita-t-elle
d'avoir enfin suivi les conseils de sa cousine.

— Quand donc quitteras-tu tes jupes plissées et tes
chaussures de sport ? s'impatientait Gina pour qui
l'élégance était une des armes de la séduction.

En l'honneur du pétulant mannequin, Lorène avait
acheté une robe de cocktail en mousseline fleurie, dont
les tons pastels s'harmonisaient avec sa délicate carna-
tion et l'émeraude de ses yeux.

Après l'avoir revêtue, elle remplaça ses habituels
mocassins par de fins escarpins dont les talons compen-
saient de quelques centimètres une taille qu'elle jugeait
trop petite.

Devant un miroir, elle releva ses épais cheveux
blonds et les rassembla dans un chignon qui dégageait
son cou délié.

Ensuite, elle examina son reflet avec attention. Elle
n'était pas complètement satisfaite et regrettait d'avoir
choisi cette robe à manches longues avec les yeux de
Gina qui suivait la mode de très près. Quelque chose
clochait dans cette très jolie toilette. Quoi ? Lorène
n'aurait su le préciser. Le montage des manches, peut-
être ? Elle se dit que l'habitude des tenues sportives
faussait probablement son jugement. Cette robe
rehaussait sa grâce naturelle et c'était le principal.

Elle sourit en pensant que tout à l'heure, au volant de
sa petite voiture, avec son chemisier classique et ses

cheveux décoiffés par le vent, elle avait l'air d'une adolescente à peine sortie de l'enfance. Rien d'étonnant si le bel étranger n'avait jeté sur elle qu'un coup d'œil distrait !

L'heure du dîner approchant et Gina étant en retard, Lorène décida d'attendre sa cousine sur la terrasse.

Au-delà des balustres de pierre, une pelouse en déclive étendait son velours émeraude, ponctué de bouquets de tulipes multicolores. De ce côté, il n'y avait pas d'allée donc pas de voiture. Des sentiers s'enfonçaient sous les frondaisons où cèdres bleus et sapins jetaient leurs taches sombres.

Des groupes de promeneurs débouchèrent d'un lointain bosquet en remontant lentement vers la propriété.

— Nous avons actuellement un congrès d'hommes d'affaires, lui expliqua le garçon à veste blanche qui avait surgi près de Lorène pour prendre sa commande.

— Ah ! oui ? Alors, ce sont leurs voitures dans la cour d'honneur ?

Il approuva d'un signe de tête.

Lorène se sentit réconfortée. Les membres d'un congrès lui étaient plus familiers qu'une clientèle mondaine. Au bureau, les séminaires en province ou à l'étranger étaient la source d'innombrables plaisanteries. Lorsque les directeurs participaient à un séminaire, tout le personnel les imaginait en joyeuse compagnie. Lorène, amusée, se dit qu'elle allait pouvoir vérifier si ces suppositions étaient exactes.

Derrière ses lunettes de soleil, elle cligna les yeux afin de mieux observer la confrérie qui s'acheminait à pas lents vers la terrasse. Le groupe lui sembla essentiellement composé d'éléments masculins, ce qui ne laissa pas de l'étonner. Où étaient les pulpeuses beautés qui, selon la légende, agrémentaient en pareil cas les fugues des patrons ?

Ayant suivi la direction de son regard, le garçon expliquait :

— Il s'agit d'un congrès international. Il y a des Américains; des Japonais, même un Brésilien...

Subitement intéressée, elle s'apprêtait à l'interroger lorsque deux couples d'une trentaine d'années, bardés d'appareils photographiques, sortirent d'un des salons. Dans un tumulte de rires et d'exclamations, il s'installèrent à proximité, parlant un anglais nasillard et faisant du bruit comme dix.

— Des Canadiens de Vancouver, lui confia l'employé.

— Membres du congrès, eux aussi ?

— Non. Des vacanciers.

Il ajouta, la lèvre dédaigneuse :

— Ils repartent ce soir, Dieu merci ! Ce n'est pas exactement le genre de l'établissement.

Lorène les regarda plus attentivement. Ils lui paraissaient pourtant sympathiques. Décontractés, du style robuste et bon vivant. Ils étaient tous les quatre en jean. Leur bonne humeur était contagieuse.

— Que voulez-vous boire ? demanda le serveur.

— Un jus de tomate, s'il vous plaît, dit Lorène.

— Avez-vous retenu votre table pour le dîner ?

— Le faut-il ?

— Vous risquez de ne plus trouver de place. Souhaitez-vous venir la choisir maintenant ?

Entre les boiseries gris pâle, de hautes glaces agrandissaient la salle à manger, reflétant à l'infini les tables nappées de blanc.

— Là, au fond, près de la baie, décida Lorène.

Gina qui aimait être le point de mire de tous les regards s'installerait face à la salle. Lorène tournerait le dos aux dîneurs, se contentant de les observer par le truchement d'un miroir.

Elle regagna la terrasse. Les Canadiens chantaient un

air de leur pays en le rythmant du plat de la main sur la
table de fer.

Cinq minutes plus tard, le garçon apporta la consom-
mation de Lorène et tenta de renouer le dialogue avec
la jeune fille.

Lorsqu'elle déjeunait au restaurant, Lorène, affable
et simple, bavardait volontiers avec le personnel. Cette
fois, pourtant, elle esquissa un geste d'impatience. Son
attention était ailleurs, captivée par un groupe qui
discutait à dix mètres de là et au milieu duquel elle avait
reconnu l'homme en tenue de cavalier. Les Japonais
levaient la tête pour lui parler. Ses habits contrastaient
avec la rigueur des costumes sombres, dont étaient
vêtus les autres personnages.

Elle aurait pu poser à l'employé des questions sur cet
étranger. Il ne demandait qu'à satisfaire sa curiosité.
Elle préféra se taire.

Un instant plus tôt, alors qu'ils atteignaient la
terrasse, les membres du séminaire, une vingtaine,
avaient regardé avec surprise autour d'eux. En découvrant les Canadiens, les uns avaient souri, d'autres,
froncé les sourcils. L'inconnu avait lancé un coup d'œil
blasé aux gêneurs, puis son regard s'était arrêté sur
Lorène.

Il avait des prunelles sombres, brillantes, qu'abritaient d'épais sourcils noirs. Rasé de près, son visage
aux angles durs était d'une saisissante beauté. Mais à
son expression impassible, la jeune fille avait compris
qu'il ne la remarquait pas. Alors que tous les autres
membres du groupe avaient appuyé un court instant un
regard admiratif sur sa silhouette, pour cet homme elle
n'existait pas plus que les quatre touristes qui emplissaient l'air de leur tapage.

Elle essaya d'en prendre son parti et de ne pas
accorder à cet étranger plus d'intérêt qu'il ne lui en
témoignait. Elle attendait sa cousine pour savourer à

travers Gina sa revanche sur ce flegmatique individu. Jamais, à sa connaissance, un homme n'était resté insensible au charme de la jeune femme qui se vantait volontiers de ses succès.

Elle s'éternisa à côté de son verre. Les Canadiens s'étaient calmés. Ils prenaient des photos du château rosi par le couchant. Après avoir continué un moment leurs discussions, les membres du congrès étaient entrés l'un après l'autre dans l'hôtel.

Lorène avait glané un renseignement. Le mystérieux congressiste se nommait Vicente de Ribeiro. Les Japonais prononçaient respectueusement : « Senhōr de Ribeiro ». Plus familiers, les Américains l'appelaient par son prénom, mais toujours avec la déférence accordée à ceux dont l'opinion a du poids.

Le crépuscule effaçait les couleurs : les arbres du parc se découpaient en ombres chinoises sur le ciel mauve. Tous les lustres de la salle à manger étaient allumés, et les premiers clients s'installaient.

Lorène décida de commencer à dîner seule. Le retard de Gina l'agaçait sans pour autant la surprendre.

« Je te rejoindrai mardi dans la soirée », lui avait dit la jeune femme sans fixer d'heure.

D'un geste à la fois respectueux et péremptoire, le maître d'hôtel désigna à Lorène la chaise que celle-si réservait à sa cousine. La jeune fille embrassait la salle du regard. Une salle où toutes les tables ne tardèrent pas à être occupées. Il y avait les membres du séminaire mais aussi plusieurs couples de passage. Les hommes étaient en complet sombre ; les femmes en robe habillée. Lorène se félicitait d'avoir écouté Gina.

Vicente de Ribeiro avait troqué sa tenue de cavalier contre un costume gris fer et une chemise blanche d'une élégance raffinée. Occupant avec deux autres convives une table à l'écart de celle du congrès, il participait néanmoins à la conversation générale. Celle-ci, qui se déroulait en anglais et dont Lorène saisissait quelques bribes, obligea la jeune fille à réviser son opinion.

Un séminaire, ce n'était pas plus drôle que la conférence imposée chaque lundi à son personnel par le directeur général. Au bureau ou à la campagne, les hommes d'affaires ne savaient décidément parler que d'informatique, d'expansion et d'investissements.

Lorène qui rêvait d'un poète s'étonnait d'être fascinée par un technocrate.

En toute autre occasion, elle se serait régalée du turbot à la crème et de la pintade forestière. Mais elle regardait plus souvent l'inconnu que son assiette.

Elle avait conservé ses lunettes teintées pour l'observer tranquillement. Elle le voyait de profil. D'abord, elle lui avait trouvé des traits durs, aux lignes sèches comme sculptées dans la pierre. Mais en l'examinant plus attentivement, elle découvrait que ce visage pouvait devenir extrêmement chaleureux. Il suffisait qu'un bref sourire l'illumine pour qu'il perde sa dureté. Ses yeux noirs rayonnaient alors d'une rare intensité de vie. Il arrivait aussi que d'un simple plissement de paupières, d'une moue à peine esquissée, Vicente de Ribeiro retrouvât l'expression hautaine qui désarçonnait son interlocuteur.

A aucun moment, il ne tourna la tête vers elle.

Lorène ressentait maintenant cette froideur comme une offense. Lorsqu'elle s'était installée à la place de Gina, elle avait cueilli au vol quelques sourires admiratifs. Alors, pourquoi cet homme lui refusait-il l'hommage d'un simple regard ?

Derrière ses verres bleutés, elle le fixait si intensément qu'elle sentait son cœur battre à un rythme anormal. Il était extrêmement séduisant et il se dégageait de lui un tel magnétisme qu'elle en venait à souhaiter un incident, dont elle serait l'héroïne et qui

cristalliserait enfin sur elle l'attention du *senhōr* de
Ribeiro.

— On demande Mademoiselle Lorène Melville au
téléphone.

Un vieil homme avait claironné l'annonce sur le seuil
de la salle.

« Mon Dieu ! pensa aussitôt Lorène. D'être exaucée
si vite ressemble fort à une punition. »

Elle se leva, pestant intérieurement contre le manque
de discrétion du personnel.

Les conversations qui avaient marqué un bref arrêt
avaient repris. Avant de quitter la salle, Lorène avait
eu le temps de voir le *senhōr* de Ribeiro se tourner
enfin dans sa direction.

A la réception, le vieil homme avait remplacé la
dame à cheveux blancs. Il lui désigna la cabine-chaise à
porteurs.

— On vous appelle d'Italie.

C'était Gina qui venait d'arriver à Rome et se
confondait en excuses.

— ... Navrée, ma chérie. L'agence m'envoie remplacer un mannequin malade et tu avais déjà quitté ton
bureau quand j'ai essayé de te joindre. Une collection à
présenter et je reprends l'avion demain. Il nous restera
tout de même deux jours...

Consternée, Lorène l'interrompit.

— Non, Gina. Puisque notre petite fête est ratée, je
rentre à Paris.

— Ne sois pas stupide. Attends-moi en te reposant.
L'hôtel ne te plaît pas ?

— Si... non... Ce serait trop long à t'expliquer. Je
préfère revenir chez moi dès demain matin.

— Comme tu voudras. Peux-tu régler la note ?

— Oui. J'ai mon chéquier.

— De tout façon, je te rembourserai. Je suis aussi

ennuyée que toi. J'en ai par-dessus la tête de mon
métier. Vivement la boutique de mes rêves !...

Gina aurait aimé diriger avec Lorène un magasin de
prêt-à-porter. Mais elle ne réussissait pas à convaincre
la jeune fille. Trouvant parfois pesante la tutelle de sa
cousine, Lorène préférait travailler loin d'elle.

— On en reparlera plus tard, coupa Lorène. Au
revoir, Gina.

— Bonsoir, ma chérie et bon anniversaire !

Lorène sortit de l'étroite cabine.

A la réception, une des Canadiennes expliquait en
anglais que ses amis et elle avaient décidé de ne repartir
que le lendemain. Ils allaient au cinéma. Existait-il une
sonnette ? L'hôtel restait-il ouvert toute la nuit ?

— *Yes, yes,* répondait le vieil homme qui, visiblement ne comprenait rien.

Déçue avec une amère impression d'abandon,
Lorène passa sans s'arrêter devant le groupe.

CHAPITRE II

L'APPÉTIT coupé, elle ne reparut pas dans la salle à manger.

Elle remonta dans sa chambre, se jeta sur un des lits et pleura de dépit.

Sa soirée était gâchée. Elle en voulait un peu à Gina, mais surtout, pensant au dédaigneux Brésilien, elle regrettait de ne pas posséder l'expérience amoureuse de son éblouissante cousine.

Elle finit par s'endormir, le visage trempé de larmes, sans avoir retiré sa robe ni pris la précaution de refermer les fenêtres.

Le bourdonnement des moustiques la réveilla. Elle bondit sur ses pieds, alluma les lampes et tenta, pendant plusieurs minutes, de se défendre contre l'envahisseur qui attaquait de partout à la fois.

Comprenant que sans bombe insecticide elle ne gagnerait pas la bataille, elle décrocha le téléphone pour demander de l'aide à la réception. Personne. Elle appuya sur les boutons qui, en principe, la reliaient à une femme de chambre et à un bagagiste. Rien. Elle laissa le récepteur à côté de l'appareil et alla jeter un coup d'œil par la fenêtre.

Dans la cour, il ne restait plus que sa Morris qui

brillait sous la lune. Toutes les autres voitures avaient disparu.

Il était minuit vingt.

Lorène écrasa un moustique qui venait de lui piquer le front. Ces insectes finiraient par la rendre folle. Elle devait trouver quelqu'un, veilleur de nuit ou servante, qui l'en débarrasserait.

Son chignon à moitié défait et sa robe froissée, elle gagna le couloir obscur, tâtonna en vain à la recherche d'un interrupteur. Soudain, quelque chose de velu et de froid se glissa entre ses chevilles.

Elle se figea en poussant un hurlement de terreur.

Cinq secondes plus tard, une porte s'ouvrit. La lumière jaillit. Les sourcils froncés, Vicente de Ribeiro s'avança vers elle.

— Est-ce vous qui avez crié ? Que se passe-t-il ? Etes-vous souffrante ?

Il était en veston d'intérieur sur un pyjama bordeaux. Le satin des revers luisait sous la lanterne qui éclairait le vestibule. Il avait gardé à la main le livre qu'il était en train de lire.

Lorène était encore si tremblante que parler lui semblait au-dessus de ses forces. D'une voix sans timbre, elle arriva tout de même à articuler :

— Un animal... quelque chose m'a frôlée. J'étais sortie parce que ma chambre est envahie par les moustiques.

Il eut un rire bref, incrédule et la regarda de bas en haut avec insolence.

— En somme, beaucoup de bruit pour rien...

Il s'interrompit, tendit l'oreille. Du rez-de-chaussée, montait l'écho intermittent d'une sonnerie.

— Vous entendez ? demanda-t-il. Qu'est-ce que cela signifie ?

— J'ai essayé d'appeler la réception. Comme je n'ai pas raccroché...

— Vous prétendez que personne ne vous a répondu ?

Il se dirigea vers l'escalier. Elle le suivit. A mi-étage, il se retourna et, moqueur, lui désigna un chat gris, assis sur la dernière marche.

— Voilà probablement l'objet de votre frayeur, mademoiselle. Il n'a rien d'un animal dangereux. L'inadmissible, ajouta-t-il en continuant de descendre, c'est qu'il n'y ait personne pour répondre au téléphone.

Ensemble, ils s'approchèrent du comptoir de la réception. Devant une chaise vide, sur le standard, un voyant rouge clignotait au rythme de la sonnerie.

Le fait que l'employé eût déserté son poste était surprenant. Mais ce que Lorène découvrait l'étonnait bien davantage. A l'exception de la sienne, toutes les clés des chambres étaient accrochées en face de leur numéro.

— Savez-vous comment arrêter cet appareil ? lui demanda son voisin en désignant la petite lampe qui papillotait. Ce bourdonnement est insupportable.

Elle tendait la main vers le tableau.

— Vous... vous avez vu ? L'hôtel est vide.

Il l'examina, les yeux mi-clos, puis riposta avec une pointe de condescendance :

— Il n'est pas vide puisque vous et moi l'occupons. Au fait, permettez-moi de me présenter. Je suis...

— Vicente de Ribeiro, dit-elle sans réfléchir.

Il eut un petit sifflement ironique et son regard s'aiguisa.

Croyant réparer son étourderie, Lorène poursuivit très vite :

— Je n'ai aucun mérite à connaître votre nom. Il a été prononcé plusieurs fois par vos confrères au cours de la soirée.

— Prêtiez-vous l'oreille aux conversations d'autrui, mademoiselle Melville ? Au fait, quel est donc votre

prénom ? ajouta-t-il avec une pointe de dédain. Je l'ai
oublié.

— Lorène.

— Eh bien ! Lorène, puisque vous êtes responsable
de cet agaçant bourdonnement, veuillez, je vous prie,
le faire cesser.

Il la dominait de sa haute taille et de son autorité.
Leurs regards se croisèrent. Lorène lut du défi dans
celui de Vicente. Elle pensa que dans la même situation, Gina aurait éclaté de rire et, après une riposte
bien sentie, planté là son interlocuteur sans même se
retourner.

Mais Lorène n'avait pas l'outrecuidance de Gina. En
ce moment, elle se découvrait même une faiblesse :
celle de ressentir un trouble plaisir à se soumettre à la
volonté de ce personnage hors du commun.

Il y avait deux façons de couper le circuit : enfoncer
une fiche dans le tableau téléphonique, ou monter
remettre l'appareil dans la chambre sur son socle.

Lorène devinait confusément que si elle avait fait
preuve de son bon sens habituel, elle aurait choisi sans
hésiter la seconde solution et couru s'enfermer à double
tour, à l'abri de ces yeux noirs qui la dévisageaient avec
autant d'insolence que de moquerie.

Mais elle était incapable de mettre bout à bout deux
idées raisonnables. En outre, pourquoi ne pas l'avouer,
elle éprouvait une certaine satisfaction à capter enfin
l'attention d'un homme qui ne l'avait pas regardée de la
soirée, alors qu'elle n'avait cessé de penser à lui.

Dès qu'elle lui eut obéi, il la prit d'autorité par le bras
et voulut l'entraîner vers l'escalier.

Elle résista et le regarda avec un étonnement qui
n'était pas feint.

— Bien jouée, votre petite comédie, mais à présent
qu'elle est terminée, ne faites plus d'histoire, laissa-t-il
tomber, méprisant.

Aussitôt, Lorène retrouva la combativité qu'elle manifestait quand elle voulait se défendre contre les déplaisantes assiduités d'un homme.

Les joues en feu, elle se dégagea d'un geste brusque. Mais en même temps, elle eut si mal que les larmes jaillirent. Sa réplique traduisit son humiliation.

— Vous ne m'avez tout de même pas crue capable de monter dans la chambre du premier venu ? Je veux dire... Oh ! Je vois que je ne vous convaincrai pas. Sachez tout de même que vous vous êtes trompé de porte !

Vicente avait d'abord paru surpris, presque gêné. Puis la colère avait durci ses traits. Il n'avait probablement pas l'habitude de s'entendre traiter de « premier venu ».

Fut-il plus ému par les pleurs de Lorène qu'il ne voulait le paraître ? Une courtoisie inattendue l'emporta soudain sur son dépit. Il se pencha vers la jeune fille, posa la main sur son bras dans un geste amical et dit de sa belle voix grave :

— Excusez-moi, Lorène. C'est un malentendu. Pour me le faire pardonner, je vous invite à boire avec moi le verre de la réconciliation. Ce sera une occasion de mieux nous connaître.

Il était tellement sûr de son acceptation qu'il la lâcha et alla appuyer sur la sonnette d'appel, placée sur le comptoir de la réception.

Lorène n'avait pas bougé.

— J'ai l'impression, dit-elle d'un ton impassible, qu'à part vous, moi et le chat gris, il n'y a personne dans cet hôtel.

— Invraisemblable ! murmura-t-il.

Puis avec un mouvement d'insouciance :

— Venez, nous nous servirons nous-mêmes.

Cinq minutes plus tard, après avoir fait un choix parmi quelques bouteilles, ils emportaient leurs verres dans un petit boudoir en rotonde, meublé d'un piano à queue et de quelques bergères. Cette pièce, dont les murs étaient recouverts d'assez belles tapisseries, reliaient la salle à manger aux salons.

Ils s'installèrent l'un en face de l'autre. Vicente rapprocha son siège jusqu'à ce que ses pieds, chaussés de mules de cuir, frôlent ceux de Lorène.

Ses yeux qui avaient perdu leur dureté dévisageaient la jeune fille d'un air songeur. Un sourire éclaira soudain ses traits.

— Avouez que vous l'avez cherché, dit-il en plissant les paupières.

— Je ne comprends pas.

— Vraiment ? Alors la prochaine fois que vous descendrez seule dans un hôtel, modifiez votre attitude, sinon la même mésaventure risque de vous arriver de nouveau.

Elle riposta avec indignation :

— Vous n'allez tout de même pas prétendre que je me suis montrée provocante ?

— Envers moi, si.

Elle rougit violemment. Il s'amusa un moment de sa confusion, puis s'expliqua :

— L'insistance de votre regard derrière des verres ne servant qu'à dénaturer la couleur de l'iris, à mon avis, était de la provocation.

— Comment pouvez-vous savoir que je vous regardais ? Pendant le dîner, pas une fois vous n'avez tourné la tête vers moi.

Il rit de sa candeur et l'examina avec une attention chaleureuse.

Troublée par l'éclat magnétique de ces yeux d'un brun profond, Lorène esquissa le geste de relever les mèches qui, de chaque côté de son visage, s'étaient échappées de sa coiffure.

— Laissez, dit vivement Vicente. Je n'aime pas les chignons. Je les trouve trop sévères...

En même temps, il s'était penché en avant. Ses mains longues et agiles ôtaient les dernières épingles qui retenaient encore les cheveux de Lorène. La masse blonde et fluide se répandit sur les épaules voilées de mousseline. Les doigts de Vicente lissèrent les mèches rebelles, puis les dégagèrent du front en les rabattant derrière les oreilles.

Le geste n'avait rien eu d'équivoque. Pourtant, Lorène avait senti une insidieuse chaleur se répandre dans ses veines. Enfiévrée, des frissons courant le long de son échine, elle aurait voulu qu'il prolonge sa caresse. Mais, son œuvre accomplie, Vicente se redressa.

Croisant les jambes, il remarqua :

— Vous êtes mieux ainsi. Votre très jolie robe n'est pas non plus exactement de mon goût, mais je suppose que vous sortiriez vos griffes si je vous l'enlevais... Il y avait deux couverts à votre table. Attendiez-vous quelqu'un ?

Elle lui dit la vérité au sujet de Gina. Il hocha la tête d'un air compréhensif.

— Nous avons un point commun. Je suis, moi aussi, la victime d'un rendez-vous manqué.

— Un ami vous a-t-il fait faux bond ?

Il sourit légèrement.

— Une amie, rectifia-t-il. Je l'avais conviée à dîner. Elle a dû trouver meilleure chère ailleurs.

— Et parce que vous aviez renvoyé votre voiture, vous avez été contraint de coucher ici.

— Excellente déduction, conclut-il, le regard rétréci.

Elle continua sur sa lancée :

— Vous auriez pu téléphoner à Carlos pour qu'il vienne vous rechercher. Votre haras est-il loin d'ici ?

Il la regarda avec une attention soupçonneuse.

— Qui vous a si bien renseignée à mon sujet ?

Elle ne répondit pas tout de suite. La chaleur qu'il avait allumée en elle se dissipant, Lorène savourait maintenant un plaisir d'une autre nature : celui d'exister enfin aux yeux d'un homme infiniment séduisant qui, pour une raison inconnue d'elle, avait affecté pendant toute une soirée de l'ignorer.

Lorène n'avait pas l'habitude des jeux de la séduction. Au bord d'une piscine, en forêt dans les sentiers de grande randonnée, les rapports entre camarades étaient directs et dépourvus de toute ambiguïté. Elle se méfiait de la galanterie des hommes plus âgés. Ceux qu'elle côtoyait au bureau affectaient à son égard une attitude paternaliste ou trop entreprenante.

Elle avait glané quelques renseignements à ce sujet à travers les récits enflammés de sa cousine. Le fait de devenir à son tour la vedette était pour elle une expérience exaltante.

Devinant que son silence agaçait Vicente, elle avoua :

— Personne ne m'a renseignée sur vous. Il m'a suffi d'entendre ce que vous avez confié à votre chauffeur avant de regagner l'hôtel à pied. La voiture rouge qui bloquait le passage de votre berline, était la mienne.

— Autant que je me rappelle, dit-il, songeur, je me suis exprimé dans ma langue natale ?

— Serait-ce interdit de la comprendre ?

Il esquissa un bref sourire qui fit étinceler ses dents.

— Où l'avez-vous apprise ?

Il avait posé la question en portugais. Elle y répondit de même.

— En France, avec ma cousine. J'avais dix ans, elle, vingt-deux, lorsque mes parents sont morts. Fille d'un immigré de Lisbonne, elle m'a recueillie, élevée et m'a enseigné la langue de son père.

Lorène n'avait mentionné ni l'accident d'auto, ni les

longues souffrances engendrées par celui-ci. Cette partie de son existence appartenait à un jardin secret qu'elle n'ouvrait à personne. Seule, Gina savait quelle somme de volonté il lui avait fallu pour triompher de son handicap. Lorène était reconnaissante à sa cousine de l'avoir constamment aidée. Grâce à Gina, elle avait pu suivre une scolarité normale et passer ensuite brillamment ses examens.

— Parlez-vous d'autres langues ? demanda Vicente.

— L'anglais aussi bien que le portugais. Mais vous, *señhor*...

— Appelez-moi Vicente, dit-il gentiment. Notre conversation en sera facilitée.

Elle savoura une nouvelle joie. Après l'avoir ignorée, voilà que ce puissant chef d'entreprise la considérait maintenant comme son égale !

— Vous n'avez pas dû avoir une enfance heureuse, remarqua doucement Vicente après son silence. Cette cousine dont vous êtes l'obligée et qui agit à votre égard avec autant de désinvolture...

Prenant aussitôt la défense de Gina, Lorène l'interrompit.

— Sa désinvolture n'est qu'apparente. Nous devions nous retrouver pour mon anniversaire et seul un empêchement de dernière heure l'a retenue loin d'ici. D'autre part, je ne me sens pas son obligée. Nos rapports sont chaleureux. Bien que sa sollicitude m'étouffe parfois, je la considère comme ma meilleure amie.

Elle avait parlé vite, agacée par la lueur d'ironie qui pétillait dans les yeux noirs fixés sur elle. Il sourit et déclara en levant son verre :

— Je bois à votre anniversaire, Lorène. Quel âge avez-vous ?

— Vingt ans.

Il la regardait avec une admiration vaguement condescendante.

— C'est merveilleux d'avoir vingt ans, murmura-t-il d'un ton distrait. J'en ai dix-huit de plus que vous et mes vingt ans me semblent si loin !

Elle eut soudain l'impression qu'à cause de son extrême jeunesse, il allait se désintéresser d'elle. A cet instant, elle envia de nouveau l'expérience de sa cousine.

— Non, ce n'est pas merveilleux, protesta-t-elle avec fougue. J'aimerais avoir cinq, six et même dix ans de plus.

Il haussa les sourcils.

— Pourquoi ?

« Uniquement pour continuer d'exister à vos yeux », songea-t-elle.

Mais cherchant ses mots, elle répondit en hésitant :

— Je ne sais pas. Je crois... oui, je crois que ce doit être une question de réussite professionnelle.

— Que faites-vous ?

— Je suis secrétaire dans une entreprise qui fabrique, met en conserve et vend des plats prêts à être consommés.

— Ce travail vous plaît ?

— Il m'intéresse et je comptais gravir plusieurs échelons. Dans ce dessein, je continue, du reste, de suivre des cours. Malheureusement, en ce moment, la maison connaît des difficultés financières.

Il lui demanda le nom de la firme qui l'employait.

Lorqu'il l'apprit, il resta silencieux un long moment, puis la questionna de nouveau, mais cette fois, sur ses loisirs.

— Je les emploie à faire du sport : de la marche, de la natation... J'aime aussi beaucoup la danse classique.

L'œil de Vicente brilla d'un nouvel éclat.

— Vous montez à cheval ?

Elle hocha négativement la tête. L'équitation, comme le ski ou la voile, restaient encore très au-dessus de ses moyens. Mais elle estimait qu'il n'avait pas à le savoir. Aussi, pour s'épargner d'autres questions du même genre, elle préféra changer de conversation.

— Tout à l'heure, vous m'avez déclaré ne pas aimer ma robe. Etait-ce dans l'intention de me blesser ?

— Grands dieux ! non, s'exclama-t-il. Sa matière, ses coloris sont ravissants. Mais à mon avis, pour en faire un chef-d'œuvre, il lui manque un petit quelque chose.

C'était drôle. Elle avait eu la même pensée en se contemplant dans le miroir de sa chambre. Elle le lui avoua. Ils se sourirent. Elle eut l'impression fugitive qu'ils se comprenaient parfaitement.

— Vous permettez ? demanda Vicente.

Il s'était levé et, d'un geste, engageait Lorène à l'imiter..

Sous le regard qui l'examinait, elle se sentit de nouveau curieusement troublée et pensa être seule à éprouver cette sensation. De toute évidence, à cet instant, Vicente la considérait avec l'attention qu'il aurait accordée à un mannequin de cire.

— Je crois que les manches sont mal montées. Me donnez-vous carte blanche ? s'enquit-il. Je vous jure qu'aucune intention suspecte ne me guide.

— Oui, bien sûr, dit-elle en s'efforçant de maîtriser le tremblement de sa voix. J'ai acheté cette robe un peu précipitamment. Je me sens plus à l'aise dans le choix des vestes de sport que des tenues habillées...

L'écoutait-il ? Elle en doutait. S'aidant de ciseaux à ongles qu'il avait sortis de sa poche, il décousait les manches de mousseline. Ensuite, il les noua bout à bout, puis, avec cette ceinture improvisée, il resserra l'ampleur du tissu qu'il drapa adroitement près du corps.

Rapides et précis, ses gestes étaient ceux d'un

professionnel qui ne se laisse pas distraire par le support de son œuvre. Devinait-il que le corps qu'il habillait palpitait et vivait pour la première fois ?

Au contact des mains masculines, Lorène était parcourue de délicieux frissons. Son cœur battait vite, trop vite. Elle pensa avec effroi que les doigts de son Pygmalion percevraient à coup sûr son affolement.

Après avoir agrandi le décolleté, Vicente acheva la transformation en un temps record.

Elle aperçut son reflet dans une des portes vitrées. Un reflet tout à fait de son goût.

— Et voilà ! s'exclama-t-il, satisfait, en se redressant. Une autre fois, évitez les manches pagodes, les formes floues. Choisissez des robes ajustées à votre silhouette qui mettront en valeur le galbe de votre poitrine, la délicatesse de vos attaches, la finesse de votre taille.

En même temps, une caresse soulignait chaque détail de l'anatomie de la jeune fille. Elle devait se faire violence pour ne pas se blottir contre cette épaule si proche de la sienne. Elle demanda :

— Vous êtes couturier ?

— Non. J'aurais voulu l'être, mais ma famille qui ne jugeait pas ce métier assez viril m'a obligé à étudier le droit. Ma mère habillait l'aristocratie de Rio de Janeiro. C'est d'elle que je tiens le goût des chiffons.

Sa main s'attardait sur le bras nu de sa voisine. Lorène adressa à son reflet dans la glace un petit salut qui n'avait pour but que de l'écarter de Vicente. Mais celui-ci resserra son étreinte.

Elle essaya de plaisanter.

— Avocat au lieu de couturier. En somme, vous n'avez fait que changer de robe.

— Détrompez-vous ! N'ayant pas le goût des plaidoiries, j'ai choisi de me lancer dans la jungle internationale des affaires où, ma foi, je ne réussis pas trop mal.

A propos, ne m'avez-vous pas confié que la firme qui vous employait était en difficulté ?

N'ayant pas recouvré son calme, elle ne répondit pas tout de suite. Elle restait comme envoûtée. Attentive seulement au désordre de ses sens, elle se sentait incapable de reprendre une conversation cohérente. Il lui semblait que la paume de Vicente, en serrant davantage son bras, envoyait dans tout son corps des ondes délicieusement perfides.

— Avais-je mal compris ? insista-t-il. Ou bien, saisie d'un brusque remords, vous refusez-vous à livrer un secret qui ne vous appartient pas ?

Il la lâcha et, enfonçant les mains dans les poches de sa veste, il la dévisagea d'un air condescendant.

Elle retrouvait l'homme d'affaires, dont l'autorité en imposait aux participants du congrès. Il l'observait avec dans son œil sombre une lueur incisive.

La distance qu'il mettait maintenant entre eux avait rompu le charme. Lorène redoutait moins ce Vicente-là que le modéliste attentif qui drapait les plis de mousseline autour de son corps.

— Je n'ai pas conscience d'avoir dévoilé un secret d'Etat, riposta-t-elle en affermissant sa voix. C'est de notoriété publique que cette société bat de l'aile. Rien d'étonnant, du reste. Pour les palais difficiles, ses conserves sont immangeables.

Un sourire fit luire les dents de Vicente.

— Vos jugements ont l'intransigeante audace de la jeunesse.

— Est-ce un défaut ?

— Quelquefois, oui. Depuis combien de temps travaillez-vous ?

— Deux ans.

Il émit un petit sifflement admiratif.

— Vous ne manquez pas d'ambition ! Et quels échelons comptiez-vous gravir si rapidement ?

— D'abord ceux du secrétariat.

Et agacée par l'ironie qui pétillait sous les cils bruns, elle ajouta avec défi :

— Et pourquoi pas plus tard la direction d'un service ? Bien que cela semble vous étonner, je suis très douée...

— Je n'en doute pas, coupa-t-il.

Sur ses traits d'une beauté presque parfaite, une expression charmeuse remplaçait peu à peu la moquerie.

— Tout à l'heure, ajouta-t-il en veloutant sa voix, vous avez même failli me prouver que vos dons ne se limitaient pas à votre intelligence. Mais à temps, vous avez fort bien su réprimer les élans d'une nature tumultueuse. Félicitation, Lorène !

Elle s'empourpra jusqu'à la racine de ses cheveux blonds. Ainsi, lorsqu'il jouait les couturiers, il avait été parfaitement conscient de la tempête que ses mains éveillaient en elle.

Lorène n'eut pas le loisir d'aiguiser sa riposte. Un vacarme les fit sursauter. Du hall, leur parvenait un vigoureux martèlement de poings sur la porte d'entrée en même temps que des appels et des protestations en anglais.

— Que se passe-t-il ? demanda Vicente en fronçant ses épais sourcils.

— Ce sont les Canadiens. Je crois me rappeler qu'ils avaient prévenu le veilleur de nuit de leur rentrée tardive. Comme il n'y a personne à la réception et qu'ils n'ont pas de clé, ils sont à la porte.

Après un bref instant d'hésitation, elle ajouta :

— On ne peut pas les laisser dehors. Je vais les faire entrer par la terrasse.

Du côté du parc, les portes-fenêtres étaient protégées par des persiennes que l'on pouvait aisément débloquer de l'intérieur.

Elle se dirigea vers le salon contigu. Vicente l'attrapa au vol, arrêtant net son élan. Il la serra contre lui.

Elle tenta de lui échapper.

— Laissez-moi. C'est ridicule. Je vous dis que ce sont des clients.

— Je l'ai compris. La simple courtoisie voudrait qu'on les laissât entrer. Cependant, ni vous ni moi ne le ferons.

— Pourquoi ?

— Cet hôtel est mal tenu. Ceux qui en ont la responsabilité méritent une leçon.

Non seulement il la maintenait fermement contre lui, mais il avait éteint la lumière. Lorène se débattait dans l'obscurité avec autant d'acharnement que si sa vie dépendait de l'issue du combat.

Il eut un rire bref. L'emprisonnant plus étroitement encore, il murmura d'une voix dont il connaissait le pouvoir :

— Si vous voulez réussir dans la vie, ma petite Lorène, il faut vous débarrasser d'une spontanéité propre à votre extrême jeunesse, ne pas seulement réprimer vos élans sensuels, mais aussi cette gentillesse qui vous rend si vulnérable. Sachez que la race des conquérants est dure, impitoyable. Vous êtes encore trop tendre, trop fragile...

Elle ne l'écoutait plus. Arc-boutée des deux mains contre ses épaules, elle cherchait à s'écarter de lui. Mais il la tenait si étroitement qu'elle ne réussissait qu'à meurtrir son dos aux bras d'acier.

Il ordonna d'un ton rude qui n'était cependant pas dénué de sympathie :

— Cessez de lutter. Je ne vous lâcherai pas.

Elle céda malgré elle. Tendue, sur ses gardes, elle resta immobile contre cette poitrine vigoureuse d'où montait un léger parfum de lavande. Elle tremblait d'impatience, mais en même temps, elle savait que la faiblesse de ses jambes, ainsi que le feu qui brûlait ses joues n'avaient rien à voir avec la colère.

Tout à l'heure, tandis qu'elle sentait sur elle les mains de Vicente, elle avait pris conscience d'une féminité dont elle se croyait dépourvue parce qu'aucun homme n'avait encore réussi à l'éveiller. C'était une expérience totalement nouvelle qui la bouleversait.

De nouveau troublée, avec de grandes vagues qui répandaient leur chaleur jusque dans ses reins, elle tentait de combattre un vertige qui l'amollissait dangereusement.

Choisissant alors la seule arme dont elle disposait ; l'insolence, elle lança avec rage :

— Au fond, vous n'êtes qu'un tyran. L'habitude de commander vous emplit d'orgueil au point de vous croire le maître partout où vous passez. Or, en ce moment, qui fait les frais de votre despotisme ? Un groupe de malheureux touristes qui emporteront un bien mauvais souvenir de la France. Mais après tout, c'est peut-être l'habitude dans votre pays de méconnaître les lois de l'hospitalité...

— En voilà assez ! gronda-t-il. Vous dépassez les bornes, Lorène. Parler vous sauve peut-être d'une faiblesse dont vous vous repentiriez plus tard, mais au moins choisissez mieux vos arguments. En ce qui concerne les lois de l'hospitalité, je n'ai pas de leçon à recevoir. Lorsque les Canadiens seront fatigués de s'époumonner et de cogner au vantail, ils remonteront jusqu'au pavillon près des grilles, habité par les gérants. Ceux-ci, ignorant probablement que le gardien de nuit a déserté son poste, prendront les mesures qui s'imposent. Cette histoire ne vous concerne pas. Je vous conseille de remonter dans votre chambre et d'y méditer mes paroles.

Il la lâcha si brusquement qu'elle vacilla dans le noir et se raccrocha instinctivement à l'épaule de Vicente. Il ne fit pas un geste pour la retenir. Son équilibre retrouvé, Lorène s'écarta de lui.

Les Canadiens s'étaient lassés. Vicente ralluma les lampes. Avec autant de dignité que ses genoux tremblants le lui permettaient, la jeune fille se dirigea vers l'escalier.

— Une dernière question, Lorène.

Elle se retourna. Il était au milieu du hall et la regardait avec une expression amicale.

— Pourrai-je vous téléphoner à votre bureau ?

Bien qu'elle continuât de lui en vouloir pour sa brutale franchise, elle dit presque malgré elle :

— Appelez-moi plutôt le soir, chez moi.

Il nota ses coordonnées.

Vexée d'avoir capitulé aussi facilement, elle lui tourna le dos et monta se réfugier dans sa chambre.

Les moustiques l'y attendaient. Mais leur harcèlement l'agaçait moins que son propre comportement.

« Pourquoi lui ai-je confié mon numéro de téléphone ? » se demandait-elle.

La réponse était logée dans son subconscient, mais trop compliquée pour qu'elle pût la déchiffrer. Un seul point lui semblait évident.

Dans la crainte de ne plus revoir Vicente, elle avait cherché à conserver un lien, même ténu, avec lui.

Il y eut un brouhaha de voix à l'extérieur. Les Canadiens revenaient avec quelqu'un qui leur déverrouilla la porte.

Elle se demanda si Vicente était encore au rez-de-chaussée.

Au moment où elle s'apprêtait à se coucher, il frappa chez elle.

— J'ai une bombe insecticide, déclara-t-il d'une voix étouffée. Je peux vous débarrasser des moustiques.

Flairant un piège, elle ne bougeait ni ne répondait. Il insista avec impatience.

Suffoquée par son audace, elle chercha une riposte.

— Impossible, Vicente, lança-t-elle après un bref silence. J'ai décidé de suivre vos conseils et de réprimer impitoyablement tous mes élans.

Elle perçut l'écho de son rire, puis discerna le choc d'un objet sur le plancher.

Elle attendit que son cœur se calme. Espérant elle ne savait trop quelle suite à leur aventure, elle entrouvrit le battant.

Le couloir était désert, la bombe, posée à terre près du chambranle.

CHAPITRE III

Jusqu'à une heure avancée de la nuit, Lorène se demanda si, à son tour, elle n'était pas atteinte de cette fièvre d'aimer dont elle voyait souvent les ravages autour d'elle.

L'esprit accaparé par un visage viril, tantôt grave, tantôt moqueur, elle sombra enfin dans un sommeil profond dont elle ne s'éveilla qu'à dix heures.

Elle appela la réception pour son breakfast.

Etant donné l'accueil de la veille et l'avis derrière la porte précisant : « ... que les petits déjeuners étaient servis de sept à neuf heures », elle s'attendait à un refus.

Or, le ton fut aimable, le service, presque immédiat.

La femme de chambre, une jeune fille aux cheveux de seigle, posa le plateau sur la table. Elle s'inquiéta ensuite de savoir si Lorène avait bien dormi et si celle-ci n'avait aucun grief à formuler contre l'hôtel.

Lorène sourit et se contenta de répondre par une question :

— Est-ce la coutume, ici, que les gens se plaignent ?

— Non, mais depuis hier, tout va mal... Enfin, d'après ce qu'on murmure à l'office. Le mardi étant mon jour de congé, je n'ai pas assisté aux catastrophes.

Elle les dénombra en levant les doigts l'un après l'autre :

— Un : à cause d'une erreur sur le registre de réservation, la directrice a refusé des clients alors que les congressistes d'hier ne conservaient pas leurs chambres. Deux : le veilleur de nuit a déserté son poste. Trois : ces maladresses sont survenues alors que le grand patron séjournait au château.

— De quel grand patron parlez-vous ?

— Si vous avez dîné là hier, vous avez sûrement remarqué le comte de Ribeiro. Grand, brun, très beau et distingué...

— Ne faisait-il pas partie du congrès ?

— Oui et non. Connaissant la plupart des hommes d'affaires qui s'étaient réunis à *la Reine,* il était venu en voisin. A l'année, il conserve un appartement dans cette maison qui est la sienne.

— L'hôtel lui appartient ? s'étonna Lorène.

— Celui-là et beaucoup d'autres. *Le Château de la Reine* n'est qu'un des maillons d'une chaîne dont il est le P.-D.G. Il a également la haute main sur d'autres entreprises disséminées à travers le monde.

— Habite-t-il près d'ici ?

— A environ dix kilomètres, il possède un haras où il élève des chevaux de course ; mais s'il y envoie coucher son chauffeur, il y séjourne rarement. Son domicile principal est au Brésil. A la *Casa do Monte,* dans les environs de Rio.

— Est-il marié ?

Lorène regretta aussitôt sa curiosité en se disant qu'elle n'avait pas à se préoccuper de la vie privée de Vicente de Ribeiro.

Elle avala une gorgée de thé et remarqua comme si elle s'excusait :

— Ma question est ridicule. Du reste, vous n'en connaissez peut-être pas la réponse.

L'employée déclara en baissant la voix :

— J'ignore s'il a une femme à lui dans son pays. Mais pour tout vous avouer, quand il vient ici, c'est rarement avec la même.

La gorge de Lorène se noua. Pour se donner une contenance, elle beurra un toast et suggéra d'un ton faussement désinvolte :

— Je suis sûre qu'il aime les femmes longues, altières, brunes et très élégantes.

— D'une élégance plutôt tapageuse, précisa l'employée avec un petit rire qui déplut à Lorène. Si vous voyez ce que je veux dire.

Oui, Lorène voyait. En même temps, elle ressentait une impression de défaite. Son mètre soixante, sa blondeur, son air virginal, ses manières réservées et son visage sans fard n'avaient rien qui pût séduire Vicente. Pourquoi espérer une suite à leur rencontre nocturne ?

— M. de Ribeiro est-il encore à l'hôtel ?

— Non. A sept heures, ce matin, il exigeait d'avoir dans sa chambre son petit déjeuner et toute la direction de l'hôtel. Personne n'est encore remis de l'algarade. Une demi-heure plus tard, son chauffeur venait le chercher pour le conduire à l'aéroport de Roissy.

Au lieu d'oublier cette rencontre et de profiter de son congé en menant tranquillement la vie de château, comme le lui avait conseillé Gina, Lorène régla sa note et revint à Paris. Le téléphone restant le seul lien possible entre Vicente et elle, elle voulait se réfugier près de son appareil.

Son petit appartement, dans le quartier du Champ-de-Mars, était celui que ses parents avaient habité. A leur mort, il avait été loué. Lorène l'avait récupéré depuis deux ans. Lorsqu'elle en ouvrait la porte, la jeune fille avait l'impression de se glisser dans le nid douillet de son enfance. Ayant dû retapisser les murs, elle avait même poussé le culte du souvenir jusqu'à choisir une toile de jute semblable à celle qu'elle avait toujours connue.

Gina, elle, demeurait dans un confortable trois-pièces, près de l'Opéra. Depuis que Lorène travaillait, les deux cousines se téléphonaient plus souvent qu'elles ne se voyaient.

Gina arriva le mercredi soir, les bras chargés de cadeaux pour Lorène : un bouquet de roses, un sac italien en lézard et un ravissant gilet de velours noir rebrodé d'or et de fleurs multicolores.

Après les embrassades habituelles, Gina raconta avec verve sa soirée à Rome. Ensuite, elle bombarda sa cousine de questions, auxquelles Lorène n'avait pas envie de répondre. Ses émotions toutes neuves, son amour en forme de coup de foudre, elle voulait les garder pour elle.

C'était compter sans le flair de Gina. Tout de suite, celle-ci sentit que Lorène lui cachait quelque chose. Elle lui demanda à brûle-pourpoint :

— Serais-tu enfin amoureuse ?

— Quelle idée !

— Je ne suis pas née de la dernière pluie. Je te connais trop bien pour me rendre compte qu'il se passe quelque chose.

Lorène regarda sa cousine avec un sentiment d'envie. Longue, mince, très brune, Gina affichait une élégance qui, sans être tapageuse, ne passait pas inaperçue. En outre, elle raffolait des bijoux et breloques. Elle avait retiré son manteau. A chacun de ses mouvements, ses bracelets cliquetaient. Le décolleté de sa robe rouge révélait la naissance d'une gorge laiteuse. Elle était tout à fait le genre de femme qui, d'après la jeune servante de l'hôtel, plaisait à Vicente de Ribeiro.

Lorène eut de nouveau la conviction que si, la veille, Gina l'avait rejointe, Vicente n'aurait eu d'yeux que pour elle. A cette pensée, la jeune fille ressentit une brusque souffrance.

Gina insistait.

— Raconte. Qui as-tu rencontré au *Château de la Reine?*

Agacée, Lorène haussa les épaules et biaisa :

— Toi qui ne fréquentes que les palaces, tu connais mieux que moi le style de personne que l'on y croise.

L'œil noir de Gina devint rêveur.

— J'ai effectivement conservé quelques souvenirs assez piquants de mes voyages. Entre autres, si j'avais accepté les propositions d'un prince arabe qui était follement amoureux de moi, je l'aurais maintenant, mon magasin de prêt-à-porter...

Les aventures de Gina, Lorène les connaissait. Sa cousine les lui décrivait avec complaisance. D'habitude, elle les écoutait avec amusement. Gina avait une vie sentimentale agitée, mais n'en était pas plus heureuse pour autant. Ce soir, devant l'assurance de la jeune femme, Lorène regretta de n'être pas aussi experte dans l'art de séduire que sa pétulante cousine.

— Alors, tu ne veux rien dire? insistait Gina avec impatience. Je parie que tu as rencontré l'oiseau rare. Comme toujours, au lieu d'essayer de capter son attention, tu as joué les ingénues. Cendrillon au bal, mais sans la pantoufle de vair...

Elle éclata d'un rire qui agit sur Lorène à la manière d'un aiguillon.

La jeune fille rétorqua aussitôt d'un air de bravade :

— Eh! bien, oui, je suis amoureuse. Cela t'étonne, n'est-ce pas?

Gina cessa de se moquer.

— Je n'en suis pas étonnée, dit-elle vivement. A ton âge, c'est naturel.

Et d'un ton qui se voulait seulement malicieux, mais que Lorène trouva d'une ironie insupportable, elle ajouta :

— Mais comme je te connais, je suis sûre que tu t'es contentée de rougir et d'accorder à ce beau jeune homme la grâce de ton sourire.

Les yeux verts de Lorène luisaient d'exaspération. Mais Gina, sur sa lancée, ne s'en apercevait pas.

— ... Comme je regrette de n'avoir pas assisté au spectacle ! s'exclama-t-elle. Puis-je apprendre le nom de l'heureux élu de ton cœur ?

— Le comte Vicente de Ribeiro.

Dans les prunelles noires de Gina flamba une lueur admirative.

— Sais-tu qu'il s'agit d'une grande famille portugaise ? déclara-t-elle après un silence. Félicitations, Lorène ! Décris-le-moi, ce Vicente de Ribeiro.

— Grand, brun, très beau et distingué. En outre, il appartient à une génération capable de courtoisie.

Gina ne disait rien. Prenant ce mutisme pour de la défiance, Lorène éleva le ton.

— Je l'aime. Peux-tu comprendre cela, toi qui ne t'attaches à aucun homme ?

Surprise par sa repartie, Gina cessa de la taquiner.

— Le plus important n'est peut-être pas ce que tu éprouves, dit-elle d'un ton protecteur. Un amour qui ne trouve aucun écho chez l'autre est, pour celui qui le ressent, une source intarissable de souffrance.

Depuis la veille, Lorène se blessait douloureusement à cette vérité. En entendant Gina la proférer, elle eut l'impression désagréable que l'on jetait de l'huile sur le feu de ses doutes.

D'un ton provocant, elle demanda :

— Pourquoi mon amour envers Vicente ne trouve-rait-il aucun écho ?

— Je n'ai pas dit cela, mais tu manques tellement d'expérience, ma chérie.

— Qu'en sais-tu ?

Gina haussa les sourcils et esquissa un petit sourire condescendant. Son scepticisme était si flagrant que Lorène décida de lui donner une leçon.

Pour lui démontrer qu'elle n'était plus une enfant et pouvait, elle aussi, retenir l'attention d'un homme, elle parla d'abord de Vicente, de son intelligence, de son ascendant sur les autres membres du congrès. Puis elle raconta qu'après le dîner, chassée de sa chambre par les moustiques, elle avait de nouveau rencontré Vicente dans le hall. Ils avaient découvert qu'ils étaient seuls dans l'hôtel. Amusés, ils s'étaient servis au bar et avaient bu un dernier verre pour fêter l'anniversaire de Lorène...

Là, elle marqua un temps d'arrêt. Gina était suspendue à ses lèvres.

— Ensuite, que s'est-il passé ?

— Tu ne devines pas ? la défia Lorène.

D'un tempérament fougueux, Gina était incapable de dissimuler les sentiments qu'elle éprouvait. Au besoin, elle les dramatisait. En ce moment, elle affichait l'air ahuri d'une mère poule qui verrait pousser brusquement des ailes à son poussin.

— Ne me dis pas... commença-t-elle.

— Eh bien, si ! je le dis, claironna Lorène, décidée à se débarrasser une bonne fois d'une tutelle devenue trop pesante. Avec Vicente, j'ai passé une de ces folles nuits qui marquent toute une existence. Et crois-moi, avec un homme aussi attentif, l'expérience a été enivrante.

Si Gina était restée à ce moment l'amie qu'elle avait toujours été pour Lorène, celle-ci aurait aussitôt éclaté de rire puis, plantant un baiser sur la joue de sa cousine, aurait avoué que la conclusion de son récit n'était que pure invention.

Mais sur les traits expressifs de Gina, l'incrédulité avait peu à peu remplacé la stupeur. Une incrédulité jugée par Lorène si offensante qu'elle n'eut plus envie de se dédire.

— Ah! tu ne me crois pas? s'emporta-t-elle. Eh bien, attends deux minutes!

Elle passa dans la pièce contiguë, en revint avec sa robe de mousseline qu'elle brandit sous les yeux de Gina.

— Regarde. Il était si impatient qu'il en a même déchiré mes vêtements.

Gina pâlit. Elle murmura : « La brute. Un vrai carnage ». Puis elle demanda aussitôt :

— Et tu affirmes que tu l'aimes?

Les yeux verts brillèrent alors avec tant d'éclat que Gina conclut :

— La réponse est évidente. Devez-vous vous revoir?

Quand Lorène lui annonça qu'elle attendait un coup de téléphone, Gina l'embrassa comme au temps de ses douze ans, lorsque ses béquilles avaient glissé sur le plancher.

— Ma pauvre chérie, ma douce enfant, il ne te téléphonera pas. Tu lui as cédé trop vite. Ce genre d'individu est aussi dépourvu de sentiment que de scrupules. Il n'a qu'une ambition : jouer les Casanova, puis changer de proie. Oublie-le. Dans la vie, vois-tu, il faut...

— Je n'ai besoin d'aucun conseil.

Le ton était ferme. Lorène n'avait plus envie de rétablir la vérité. En moraliste, Gina lui devenait aussi insupportable que lorsqu'elle jouait les sceptiques.

— Soit, dit la jeune femme, résignée. Alors, continue de te bercer d'illusions. Mais pour t'empêcher de

trop souffrir, j'aimerais que tu occupes ton esprit.
Songe à mon projet de magasin. Mes économies
augmentées d'un prêt bancaire nous permettent de
créer une boutique. Ta maison étant à la veille de
licencier du personnel, accepte enfin de devenir mon
associée.

Lorène soupira. Estimant que sa cousine méritait une
compensation à la déception qu'elle venait de lui
infliger, elle lui dit en souriant :

— Accorde-moi quatre jours. Si dimanche, Vicente
ne m'a pas appelée, nous discuterons lundi prochain de
ton projet.

— Pour t'épargner une fausse joie, déclara gentiment la jeune femme, je m'abstiendrai de te téléphoner
avant lundi dans la soirée.

Pendant quatre jours, Lorène vécut dans sa tête un
amour impossible. A force de penser à Vicente, elle
finissait par penser que l'histoire inventée pour étonner
Gina aurait pu, dans la réalité, avoir le même dénoue-
ment. Elle s'était crue d'une nature combative et
déterminée. Or, dans les bras virils, elle avait pris
conscience d'une curieuse faiblesse. Et ce n'était qu'en
accusant Vicente de manquer aux lois de l'hospitalité
qu'elle avait brisé le perfide enchantement.

Pendant quatre jours, son appareil téléphonique
resta désespérément muet.

En allant à son travail, le lundi matin, elle avait
perdu tout espoir d'entendre de nouveau la voix aimée.

La firme qui employait Lorène avait ses bureaux
administratifs dans une tour de verre et d'acier à la
Défense.

Chaque lundi, une téléconférence réunissait les
cadres supérieurs de l'entreprise. Dans des salles équi-

pées de récepteurs de télévision en circuit fermé, le
président-directeur général apparaissait sur un écran
pour informer les têtes pensantes de la marche ou des
aléas de l'entreprise.

Quand Lorène arriva, les couloirs étaient en efferves-
cence. A la dernière minute, une note avait prié tout le
personnel, sans distinction de hiérarchie, d'assister à la
téléconférence. Des bruits alarmistes couraient d'un
étage à l'autre : la maison allait fermer... une firme
américaine l'avait rachetée... des licenciements pourraient être annoncés...

Autour de la jeune fille, la rancœur montait. Plusieurs mois auparavant, un questionnaire avait éveillé
des doutes. Chacun avait dû préciser ses connaissances
en langues étrangères, sa qualification, sa situation de
famille et, à titre facultatif, ses critiques sur le fonction-
nement de l'entreprise.

A cette dernière question, craignant des représailles,
personne n'avait répondu, sauf Lorène qui avait
inscrit :

« Si la distribution était mieux assurée, les clients
seraient plus nombreux. »

Dès l'entrée dans la salle obscure, Lorène fut frappée
par le silence. Un silence de cathédrale. L'œil sur
l'écran blême, les cadres écoutaient religieusement la
voix un peu rauque de leur président.

— Alors, on nous licencie ? demanda une dactylo
que rien n'impressionnait.

— Chut ! dit M. Perrin, le directeur du service où
travaillait Lorène. Le bateau change d'équipage. Mais
on ne connaît encore ni l'état-major ni le commandant.

Sa voix se perdit dans les crépitements d'un son
devenu inaudible. L'image disparut pour laisser la place
à une pluie d'étoiles. Un technicien bondit pour régler
l'appareil. Le visage débonnaire du président réapparut. Sa voix se clarifia.

— ... Principal actionnaire du groupe, il sera pro-chainement nommé à la présidence du conseil d'admi-nistration. De sa résidence brésilienne, la *Casa do Monte,* il va maintenant vous parler de la restructura-tion de la firme.

Lorène crut avoir mal compris.

Sur l'écran, un artistique fondu enchaîné précéda la vision d'un cloître entourant un jardin intérieur. Les spectateurs aperçurent des fleurs géantes dans des arbres où caquetaient des aras multicolores. Ensuite, ce fut une baie, trop diffusée par les affiches touristiques pour ne pas être reconnue de tous.

— Rio de Janeiro, précisa quelqu'un.

Et soudain, crevant l'écran, le visage de Vicente.

Lorène resta quelques secondes sans pouvoir res-pirer.

Après les amabilités d'usage, le futur président exposa son plan de façon précise.

La jeune fille avait l'impression de se noyer. Ses oreilles bourdonnaient, sa vue se brouillait. Elle bénis-sait la demi-pénombre qui la dissimulait aux yeux de ses collègues. Exsangue, incapable de surmonter le choc, elle se sentait au bord de la syncope. Elle enfonça les ongles dans ses paumes et cette petite douleur la ramena à la surface.

Au murmure de satisfaction qui s'élevait de l'audi-toire, elle comprit qu'il n'y aurait pas de licenciements.

Sa voisine lui lança une bourrade.

— C'est tout de même le grand chambardement. Personnellement, je ne détesterais pas d'être envoyée à Rio.

Lorène essaya de rassembler ses idées. Elle connais-sait suffisamment la marche des affaires pour savoir qu'une firme ne se vend pas comme une poudre à laver. Il fallait des mois de transactions avant qu'elle ne change de mains. Or, mardi soir, lorsqu'elle en avait dit

le nom à Vicente, il était resté un long moment
silencieux, mais son visage n'avait pas eu un tressaille-
ment.

Elle se crut victime des cogitations qui l'étourdis-
saient depuis quatre jours. Cet homme qui leur parlait
n'était pas celui qui l'avait serrée contre lui au *Château
de la Reine.* Peut-être s'agissait-il de son sosie, de son
frère jumeau, mais sûrement pas de Vicente. Ou alors,
si c'était le même homme, il avait fait preuve d'une telle
glaciale maîtrise que Lorène en avait froid dans le dos.

Elle le regardait et l'écoutait avec attention, retrouvant les traits qui s'étaient incrustés en elle, la voix qui
lui disait ironiquement :

« — Vous ne manquez pas d'ambition... Vos jugements ont l'intransigeante audace de la jeunesse... »

Il ne manquait au personnage de l'écran que l'espèce de
rayonnement qui, chez l'autre, l'avait envoûtée.

Le futur P.-D.G. précisait maintenant les changements d'affectation. Lorène supposa que dans les
autres salles de réception, le même silence attentif
accueillait ses paroles.

— En ce qui concerne le département des Ventes...

Il marqua un temps d'arrêt. Dans la pénombre,
Lorène surprit le raidissement des bustes.

— ... Peu de changements, poursuivait le futur
président. Tenant compte des renseignements portés
sur les questionnaires et toujours avec le souci de
rechercher une nouvelle clientèle, je charge M. Perrin
qui parle le grec moderne de diriger à Athènes une
autre de nos société agro-alimentaires. Il trouvera sur
place les structures de ses nouvelles fonctions. Sa
secrétaire Mlle Melville ne le suivra pas...

Les yeux noirs fixaient l'objectif de la caméra, mais
Lorène avait l'impression que c'était sur elle qu'ils
dirigeaient leurs feux. De nouveau, elle subissait

l'étrange puissance d'un magnétisme qui la privait de ses facultés habituelles. La révélation suivante ne l'étonna pas. Rien ne pouvait plus la surprendre.

— ... Ses connaissances de la langue désignent cette employée à un poste au Portugal. Il y a aux Açores un marché à prendre. D'après ses capacités et les appréciations de ses supérieurs, Mlle Melville est apte à assumer la charge que nous lui réservons.

Un bref sourire fit luire ses dents et il ajouta que les contrats étaient au secrétariat général, à la disposition des intéressés qui avaient huit jours pour les accepter ou pour les refuser.

Son image s'effaça. L'ancien président réapparut sur l'écran. Il dit :

— Je remercie M. Vicente de Ribeiro d'avoir si clairement exposé la situation...

S'il restait un doute dans l'esprit de Lorène, cette précision le dissipa.

*
**

Ensuite, elle eut l'impression d'être entraînée dans un tourbillon. Félicitations, toasts et discussions se succédèrent tout au long de la journée.

M. Perrin se réjouissait de sa propre mutation. Marié à une Grecque, il avait toujours rêvé d'aller vivre dans le pays de sa femme.

Sa secrétaire devenait sa partenaire privilégiée. Elle n'était plus « Melville », mais Mlle Melville. Les Açores, ce n'était pas la Grèce, bien sûr, mais il trouvait flatteuse une promotion à laquelle, disait-il avec un beau mouvement de menton, il n'était pas étranger. S'il n'avait pas si généreusement noté sa collaboratrice...

En tête à tête, ils comparèrent leurs contrats. Dans la forme, ils étaient identiques. Deux ans d'essai. D'importants frais de mission en plus du double de leurs salaires actuels. Résidence de fonction. Pour M. Perrin, aux environs d'Athènes. Pour Lorène, à Ponta Delgada.

Elle écouta des conseils sur la manière d'imposer un produit. Avec aplomb, elle exposa ses propres théories sur la question.

Mais elle se garda d'avouer son ignorance totale concernant les Açores. Jusqu'à ce lundi mémorable, elle avait cru qu'il s'agissait d'un îlot au cœur de l'Atlantique, d'une sorte de récif générateur de dépressions atmosphériques.

Le soir, après avoir comblé ses lacunes en consultant le vieil atlas paternel, elle posa, par téléphone, la question à Gina qui n'en avait pas non plus une idée très précise.

Lorène lui communiqua sa science toute neuve puis parla des fonctions qui lui étaient offertes.

— J'arrive, dit Gina. Ton histoire m'a tout l'air d'une énorme blague.

Une heure plus tard, elle examinait le contrat avec autant de méfiance que d'incrédulité.

— Au téléphone, tu m'as parlé d'un poste au Portugal. Or, sur l'acte, pas une fois ce pays n'est mentionné.

— Toi qui es portugaise, tu devrais savoir...

— Je suis française comme toi, se rebiffa Gina, née à Paris après l'arrivée de mes parents éloignés de leur patrie pour des motifs politiques...

— Bon, ne te fâche pas. Mais avoue que tu as toujours été brouillée avec la géographie. A part les capitales où tu as présenté des collections, tu ne situes jamais les pays à leur place. Apprends donc que les Açores sont neuf îles portugaises à mille six cents kilomètres au large de Lisbonne. Les vois-tu sur le globe ?

Oui, Gina les voyait... avec une loupe.

Si Lorène traversait un rêve, sa cousine, elle, gardait les pieds sur terre.

— Pourquoi ne t'envoie-t-on pas à Lisbonne? insista-t-elle.

— Je me suis posé la question. Mais en examinant mieux la situation de l'archipel, je crois avoir trouvé la réponse. Les Açores sont un relais au milieu de l'Océan, entre l'Amérique et l'Europe. En outre, j'ai appris qu'elles restaient encore à l'abri des grands bouleversements politiques du Portugal. Le choix du poste m'étonne moins que les circonstances de son attribution. Lorsque, sur l'écran, j'ai reconnu Vicente de Ribeiro j'ai cru m'évanouir.

— Evidemment, dit Gina, pensive. C'est assez extraordinaire. Mais la signature au bas du contrat...

— ... est celle de l'actuel directeur, poursuivit Lorène. Mais concernant le département des Ventes, le futur président est l'instigateur des mutations. Tout le personnel a entendu comme moi cette précision.

— A quelle date les contrats ont-ils été rédigés?

La voix se faisait plus sèche. De toute évidence, Gina cherchait à mettre la promotion de sa cousine sur le compte du hasard et de lui seul.

Mais Lorène qui avait eu le même soupçon s'était renseignée.

— Rien n'avait été prévu pour mon service. Ce n'est que jeudi soir que les deux télex concernant la situation de M. Perrin et de la mienne sont arrivés de Rio. L'enregistrement en vidéo du discours de Vicente a eu lieu vendredi, au Brésil. Ma situation s'est donc jouée deux jours après notre rencontre au *Château*. J'en aurais crié de joie.

— Je ne vois vraiment pas pourquoi, rétorqua Gina, pincée. Si tu te donnais la peine de réfléchir, tu comprendrais que ta nomination ressemble à un exil.

Mais tu es amoureuse, donc aveugle et sourde à mes arguments. Naturellement, tu acceptes de t'expatrier.

Lorène mit les bras autour du cou de la jeune femme et l'embrassa affectueusement. A cet instant, elle eut envie de lui avouer la vérité, de lui dire que Vicente s'étant conduit d'une manière irréprochable à son égard, sa promotion ne pouvait être que le couronnement de deux années de travail acharné. Mais c'était trop tard. Gina ne la croirait pas.

— Si je m'expatrie, ma petite cousine, c'est pour gagner deux fois plus d'argent qu'en France. Patiente deux ans et au retour, j'en aurai mis assez de côté pour t'épargner un emprunt aux banques.

Un sourire désabusé aux lèvres, Gina l'interrompit.

— Je crois que tu n'as jamais pensé t'associer avec moi. Tu avais d'autres ambitions.

Vicente aussi s'était moqué de son désir de réussite. Persuadée qu'il voulait la mettre à l'épreuve, Lorène s'abstint de détromper Gina.

— Mon ambition actuelle, c'est de convaincre les Açoriens que nos haricots en boîte sont meilleurs que ceux cultivés dans leur jardin, dit-elle en riant. Sais-tu ce que représente la création d'un comptoir commercial à l'étranger ?

Gina ne souhaitait pas le savoir. Butée comme une mule, elle ne doutait pas de la fable racontée par Lorène. Selon elle sa cousine allait se briser les ailes sur le miroir aux alouettes qu'un don Juan sans scrupule lui tendait pour se débarrasser d'elle.

L'optique de Lorène était différente. Au cours de la journée, elle avait glané des renseignements sur le futur président. Il se spécialisait dans le rachat des firmes en difficulté qu'il renflouait pour en faire des entreprises prospères. Chef d'un vaste empire commercial, ce monarque des temps actuels se déplaçait souvent à bord de son jet privé. Les Açores représentaient pour lui une

escale. Lorène essaya d'expliquer à Gina que la folle
nuit du *Château de la Reine* pourrait être le prélude à
une merveilleuse histoire d'amour...

— Bon, bon, coupa Gina, conciliante. Je souhaite
seulement que tu ne tombes pas trop brutalement de tes
nuages. Quand est prévu ton départ ?

— Dès que j'aurai donné mon accord.

Les deux femmes passèrent la semaine dans les
maisons de couture où Gina laissa une grande partie de
ses économies. Puisque Lorène acceptait de représen-
ter la France à l'étranger, il fallait que ce fût aussi
comme ambassadrice de l'élégance. De séduisants
tailleurs, des robes et les chaussures des meilleures
boutiques remplacèrent les tenues sportives.

— Pense à tes cheveux, conseillait Gina. Tes queues
de cheval ne font pas sérieux. D'autre part, tu m'as
confié que Vicente n'aimait pas les femmes en chignon.
Dans une île, il y a toujours du vent. A ta place, moi, je
choisirais une coiffure facile à remettre en plis chaque
soir...

Lorène se rangea à l'avis de sa cousine. Un coiffeur
coupa sa chevelure blonde avec art. Elle arborait
maintenant une tête de page vénitien.

Pendant huit jours, sans un regret, sans l'ombre d'un
doute, la jeune fille ne pensa qu'à la joie de revoir
Vicente. Obligatoirement, se disait-elle, il prendrait
contact avec sa collaboratrice dès que celle-ci aurait
rejoint son poste dans l'île de São Miguel.

Pourtant, dans l'appareil qui l'emportait vers sa
nouvelle résidence, l'angoisse l'effleura.

C'était son premier voyage aérien et elle avait un peu
peur. En même temps, elle prenait soudain conscience
de ce que serait l'isolement dans une île. Elle se
souvenait d'une excursion à Ouessant, où elle avait
empoisonné son plaisir avec la crainte d'être coupée de

la France par une tempête. Elle n'avait respiré librement qu'en retrouvant la bonne terre du continent.

S'ajoutant au chagrin de la séparation, elle sentit le
regret l'envahir. Trop tard. Les ceintures étaient atta-
chées. L'avion commençait de rouler sur la piste.

CHAPITRE IV

A Lisbonne, le changement d'avion ayant été retardé pour d'obscures raisons, les passagers passèrent la nuit en transit dans l'aéroport de la capitale portugaise.

A l'exception de Lorène et de deux religieuses, tous les voyageurs étaient des émigrants qui rentraient chez eux.

S'il avait seulement fallu à la jeune fille quelques minutes de vol pour dissiper son angoisse, en revanche, depuis Roissy, elle n'avait pas retrouvé sa belle insouciance des derniers jours.

Au petit matin, elle en venait même à se demander si en acceptant sa mission, elle n'avait pas trop présumé de ses capacités.

Les yeux clos, la tête appuyée contre le dossier d'un inconfortable banc de bois, elle se disait que le plus sage serait de reprendre le premier vol pour la France lorsqu'une voix l'arracha à sa morosité.

— Je crois que l'on distribue des boissons chaudes. Voulez-vous que j'aille vous chercher du thé ou du café ?

Elle releva les paupières, redressa la nuque. Debout devant elle, un jeune homme la regardait. Il avait des yeux bleus, des cheveux bruns bouclés et un sourire désarmant de gentillesse.

Trop lasse pour se mêler à la foule qui se bousculait devant un bar, dans un angle de la salle de transit, Lorène acquiesça.

— Je veux bien une tasse de café.

Quelques minutes plus tard, il revint portant deux gobelets fumants. Elle le remercia.

S'installant sans façon à côté d'elle, il se présenta :

— Mario. Et vous ?

— Lorène.

Ils burent leur café en silence. Puis Mario s'inquiéta :

— Je vous observe depuis quelque temps. Avant de vous endormir, vous étiez pâle avec l'air si accablé que je vous ai d'abord crue malade. Auriez-vous des ennuis ?

Sa question s'accompagnait d'un sourire timide comme s'il s'excusait de cette intrusion dans la vie privée de la jeune fille.

Mal remise de sa fatigue et des pensées démoralisantes qui lui avaient traversé l'esprit pendant sa nuit d'insomnie, Lorène n'éprouvait pas l'envie de parler.

— Je n'ai aucun ennui. Merci pour le café.

Prenant cette réponse pour une fin de non recevoir, Mario se rembrunit et garda le silence.

Craignant de l'avoir blessé par sa brusquerie, Lorène cherchait comment renouer le dialogue lorsque les haut-parleurs annoncèrent soudain l'embarquement pour São Miguel.

Dans l'avion, Mario s'arrangea pour obtenir une place à côté de la jeune fille. Ils se sourirent comme de vieux camarades.

— Etes-vous parisienne ?

— Oui.

— Moi, je suis né il y a vingt-cinq ans à São Miguel.

— Pourquoi avez-vous quitté votre île ?

Il n'attendait que cette question pour raconter sa vie.

Employé dans une société pétrolière au Vénézuéla, il s'était expatrié parce que sa terre natale ne pouvait plus le nourrir. A l'âge où les jeunes Français usent le fond de leur culotte sur le banc des lycées, Mario travaillait dur à l'étranger et envoyait une partie de son salaire à ses parents. Il prenait ses premières vacances depuis dix ans.

Lorène comprenait que s'il avait seulement quelques années de plus qu'elle, en revanche, il possédait l'expérience et la maturité d'un patriarche.

— Etes-vous en vacances aussi ? demanda-t-il.

— Oui.

Obéissant aux consignes reçues à Paris, elle devait dissimuler le but de son voyage. Dans un premier temps, elle gardait secrète la mission qui lui était confiée. Sur place, d'autres instructions lui seraient fournies sur la façon d'exercer ses fonctions. En attendant, elle n'était qu'une touriste voyageant pour son plaisir.

Il était maintenant onze heures du matin. L'île que balayaient des éclairs de soleil semblait monter vers eux. On distinguait la dentelle des côtes, le damier des champs qui étagent leurs mosaïques jusqu'au pelage sombre des forêts.

Mario expliquait que le centre était boursouflé de volcans éteints.

— Les taches d'émeraude, sous l'appareil, ce sont des lacs qui emplissent les anciens cratères.

— Où est la... la capitale ? demanda Lorène.

Elle avait beau écarquiller les yeux, elle n'apercevait aucune cité importante le long du fil sinueux des routes.

Décrivant de larges cercles, l'avion perdait de l'altitude. Penché sur l'épaule de sa voisine pour profiter du hublot, Mario désigna un fouillis de toits roses au fond d'une baie.

— Ponta Delgada, annonça-t-il avec fierté.

— Je m'attendais à une grande ville, dit-elle sans pouvoir dissimuler sa déception. Or, je n'aperçois qu'un gros bourg.

— C'est une très jolie ville, rectifia-t-il avec bonne humeur. Il ne faut pas la comparer à Paris, mais essayer de la découvrir avec des yeux neufs. Si vous le voulez bien, je serai votre guide.

Après un silence, il reprit d'un ton hésitant :

— Vous ne m'avez pas précisé le nom de l'hôtel où vous descendiez.

— Je ne descends pas à l'hôtel, dit-elle en le regardant. Des amis m'accueillent dans leur propriété. La *Quinta dos Azulejos,* vous connaissez ?

— Qui ne la connaît pas ?

La voix était à peine moins amicale, mais le sourire avait disparu.

Elle éprouva le besoin de saisir le bras de Mario.

— Comme vous avez dit cela ! On croirait que vous n'aimez pas les habitants de cette maison.

— Je ne les aime ni ne les déteste. Je n'ai jamais fait leur connaissance. Je ne les connais pas. La *Quinta dos Azulejos* appartient à l'une des grandes familles de l'île. Un moment, le bruit avait couru que le domaine serait transformé en musée et ouvert au public. Il recèle des œuvres d'art : des meubles, des tableaux précieux et surtout une galerie ornée des magnifiques carreaux en faïence polychrome qui lui ont donné son nom. Le parc est un des plus beaux de l'archipel. Autant d'atouts qui auraient attiré les visiteurs. Le projet n'a pas abouti. Pendant des années, le domaine est resté à l'abandon. Les insulaires n'aiment pas l'incurie. Chez nous, le moindre lopin de terre est mis en valeur. Quand on a la chance de posséder des biens, il faut les entretenir. Ainsi on montre que l'on mérite les faveurs du destin. Mais j'ai quitté l'île depuis plus de sept ans. Les choses ont dû changer. Puisque vos amis l'habitent, la *Quinta* est louée.

— Ou vendue.

Mario hocha négativement la tête.

— Le comte ne vend pas ses propriétés. Il lui arrive de les mettre en location, mais jamais de les céder.

— Le comte ?

Un espoir fou avait fait vibrer sa voix. L'esprit accaparé par le souvenir d'un profil altier, elle sentait son cœur s'affoler.

— Le comte de Lamego, précisa Mario.

Déçue, elle soupira.

Mario la regardait avec une attention un peu triste. Puis d'une voix qui mettait une distance entre eux, il conclut :

— J'aurais dû m'en douter.

Elle essayait de boucler sa ceinture et n'y arrivait pas. Il la lui attacha adroitement. Ses doigts osèrent sur ceux de sa voisine une timide caresse.

Elle demanda :

— Vous auriez dû vous douter de quoi, Mario ?

— Que nous ne sommes pas du même côté de la barrière.

Devant l'air surpris de la jeune fille, il expliqua :

— Quand je vous ai vue dans la salle de transit, j'ai pensé à un oiseau tombé du nid. J'avais remarqué la tête, pas le plumage. Votre tailleur, vos escarpins, votre sac vous classent dans un autre monde que le mien. Je viens de passer trois jours à Paris et sais reconnaître l'élégance. Je sais aussi que le comte de Lamego loue seulement ses domaines à des gens de son milieu. Dommage ! J'avais espéré que l'on pourrait se revoir et pensais même vous emmener en mer. Mon père est pêcheur. Je m'y connais en bateau, et les jours où il ne sort pas, je lui aurais demandé...

Elle l'interrompit.

— Oubliez le plumage, Mario. Votre programme me plaît et je vous reverrai avec plaisir. Il n'y a pas de barrière entre nous et même s'il en existait une, rien ne m'empêcherait de la franchir.

— Vraiment ?

Il avait retrouvé son sourire amical.

Touchée par sa gentillesse, Lorène s'octroya mentalement une journée de congé.

Pour lui prouver sa sincérité, elle lui offrit de fixer lui-même l'heure et le lieu de leur prochain rendez-vous.

— Déjeunons ensemble, proposa-t-il. Vous irez déposer vos bagages à la *Quinta* et on cherchera ensuite un bon restaurant en ville.

— Et votre famille ?

— Dans la journée, il n'y a personne à la maison. Tout le monde travaille au-dehors. Ce soir, ma sœur et mes parents viendront m'attendre au bus de six heures. J'habite à une trentaine de kilomètres de la capitale.

Lorsqu'ils en eurent terminé avec les contrôles de police et de douane, il dit encore :

— La *Quinta* étant située aux environs de Ponta Delgada, nous demanderons au taxi de faire un détour, puis...

Il n'eut pas le loisir d'exposer son programme. Venant de l'extérieur, un homme fendait la foule de passagers. Petit, noiraud, une fine moustache, il serait passé inaperçu s'il s'était comporté comme tout le monde. Mais il arborait orgueilleusement un uniforme bleu galonné d'or et agitait une casquette en appelant Mlle Melville d'une voix forte.

Elle s'approcha de lui. Il eut une brève inclination du buste.

— Mademoiselle Melville ? Je suis Francisco, le chauffeur de la *Quinta dos Azulejos*. J'ai pour mission de vous conduire à votre domicile.

Il s'empara des bagages de soute et esquissa un
mouvement vers la sortie. Lorène l'arrêta.

— Attendez ! Pouvez-vous emmener avec moi un
ami qui va à Ponta Delgada ?

Francisco jeta un coup d'œil sur l'homme qui, par
discrétion, attendait à quelques pas derrière la jeune
fille.

Mario avait posé sa valise de carton-cuir à ses pieds.
Il s'était rasé dans l'avion, mais son costume bon
marché était froissé par le voyage. Avec son visage
émacié par les privations, il avait l'air de ce qu'il était :
un immigré qui rentrait au pays.

Le chauffeur esquissa une moue de dédain.

— C'est difficile, mademoiselle. La *Quinta* n'étant
pas en ville, nous ne passons pas par Ponta Delgada.

Agacée par sa morgue, Lorène répliqua :

— Alors, faites un détour.

Mario comprit que l'on parlait de lui. Il s'approcha
de la jeune fille et toucha son épaule.

— Disons-nous adieu maintenant, Lorène.

— Pourquoi adieu ? Nous déjeunons ensemble.

— Je n'ai jamais cru que ce serait possible.

Un sourire contraint aux lèvres, il affichait une
résignation qui toucha Lorène. Refusant que s'élève
entre eux la barrière qu'il redoutait, elle protesta :

— Je ne vois aucune impossibilité à notre projet,
sauf toutefois, si je suis attendue à la *Quinta*.

— C'est précisément le cas, intervint Francisco avec
raideur.

— Très bien, admit-elle, je ne veux pas être impolie
envers mes hôtes. Mais avant d'aller à la *Quinta,* faites
un crochet par la ville, afin d'y laisser mon ami.

Et sans accorder à Mario le temps de protester, elle
le prit par le bras, l'entraîna vers la sortie en lui confiant
d'un ton assourdi :

— Accompagnez-moi. Dans la voiture, nous met-

trons au point un autre programme. Navrée pour
aujourd'hui, mais croyez-moi, ce n'est que partie
remise.

Pour toute réponse, avec un geste qui lui ressemblait,
il la déchargea du fourre-tout qu'elle avait gardé à la
main.

Le chauffeur les suivit, avec une expression désap-
probatrice.

**
*

Mal à l'aise dans la Buick qui les emportait, Mario
demanda timidement au chauffeur de le laisser aux
portes de la ville.

Lorsque la voiture s'arrêta, l'endroit était désert,
sans taxi ni autobus à l'horizon.

Lorène ordonna d'un ton sans réplique :

— Continuez, Francisco. Allez jusqu'au centre.

Longeant la mer, une avenue à arcades les conduisit
jusqu'aux abords d'une place pavée de mosaïques
blanches et noires. Avant de quitter Lorène, Mario
désigna l'arc de triomphe à trois baies, en pierre
blanche entachée de lave, qui s'élevait au centre de la
place.

— Voulez-vous que nous nous retrouvions là, après-
demain, vers onze heures du matin ?

Elle approuva.

— Si vous aviez le moindre problème, continua
Mario, vous pourriez me joindre par l'intermédiaire de
ma sœur ; elle est institutrice…

Lorène inscrivit sur un carnet le numéro de téléphone ainsi que le nom du village où l'école était située.

Elle était contente de savoir qu'elle possédait un ami
sur cette terre étrangère.

Elle révisa son jugement trop hâtif sur la capitale.
Mario avait raison. Ponta Delgada était une ville

pittoresque et attachante. Le peu qu'elle en apercevait lui donnait envie d'en découvrir davantage.

Pour monter à la *Quinta* située à flanc de colline, la voiture emprunta une route qui se tortillait entre des cascades d'hortensias bleus. Nulle part en France, Lorène n'avait vu autant de fleurs. Nulle part, non plus, elle n'avait croisé aussi peu de voitures. Les rues semblaient appartenir aux paysans qui y transportaient leurs produits dans de curieux chariots, en forme de corbeille et que tiraient des bœufs ou des mulets

La brise avait chassé les nuages. Sous un soleil radieux, la Buick franchit un portail à linteau de lave noire. Les battants s'ouvrirent sur un simple appel de phares et se refermèrent tout aussi mystérieusement derrière la voiture. Celle-ci roula ensuite lentement sur une allée de fin gravier qui s'enfonçait sous des palmiers, entre des buissons de rhododendrons aux teintes éclatantes.

Après ce que Mario lui avait dit de la *Quinta* et sachant que ce terme désigne au Portugal une maison d'agrément importante, Lorène s'attendait à trouver une sorte de castel qu'un comte désargenté réservait à des hôtes triés sur le volet.

La demeure répondit à son attente.

Flanquée d'une curieuse tour carrée, seigneuriale et sévère à l'extérieur, elle offrait une façade d'un blanc cru, où se détachaient des arabesques de lave festonnant deux rangées de fenêtres. On y pénétrait par une épaisse porte de couvent, en chêne clouté, qu'encadraient deux colonnes torsadées en granit.

L'impression d'austérité s'effaça dès que la jeune fille franchit le seuil. Les meubles en bois précieux incrusté de nacre, les tapis d'Orient, de somptueuses tapisseries et des bibelots rares évoquaient l'opulence.

Lorène demanda à parler au maître de maison.

Sans lui répondre, un majordome gourmé, sans âge, en tenue d'opérette, la conduisit directement à sa chambre, une pièce luxueuse, meublée d'un lit à baldaquin et d'armoires sculptées encastrées dans la muraille. Il prévint la jeune fille qu'elle était attendue à la salle à manger.

Mais attendue par qui ?

Après une brève toilette, elle avait changé son tailleur de voyage pour une robe chemisier bleue, à manches courtes. En choisissant ses vêtements avec Gina, elle avait tenu compte des suggestions de Vicente et banni les formes floues.

Dans la salle, il n'y avait qu'un seul couvert dressé sur une table ovale qui aurait pu facilement recevoir une vingtaine de convives. La pièce était rouge et or avec un beau plafond à caissons peints. Derrière des vitrines étaient alignées de superbes porcelaines de la Compagnie des Indes. Quatre hautes et étroites fenêtres ne laissaient entrer qu'un jour parcimonieux, verdi par des araucarias trop près de la maison.

Le majordome était là, au garde-à-vous, avec, près de lui, sa femme, grande et maigre, habillée d'une robe noire et d'un tablier blanc. Il s'appelait Luis. Elle, Lucia. Tous deux avaient le visage parcheminé, des yeux noirs, une expression déférente.

— N'y a-t-il pas d'autres clients à la *Quinta* ?

La question les raidit davantage encore.

— Monsieur ne reçoit que des amis. Ici, il n'y a pas de clients, rectifia Lucia.

— Où est votre maître ?

Ils se consultèrent du regard, puis répondirent par un geste d'ignorance. Voyant la jeune fille prête à insister, Luis précisa du bout des lèvres :

— Monsieur sera ici, ce soir.

Ensuite, ils n'ouvrirent plus la bouche que pour des questions de service. Ils se montraient aux petits soins et en même temps si distants qu'ils décourageaient d'avance Lorène de les interroger.

Tandis que Lucia servait le café, la jeune fille eut tout
de même droit à un conseil :

— Mademoiselle pourrait employer son après-midi à
s'installer et à reconnaître le domaine. Elle peut entrer
partout et se promener dans le parc en toute liberté.

En toute liberté ?

Elle découvrit bientôt qu'en fait, elle était prisonnière.

Avant de s'enfoncer sous les frondaisons vernies des
magnolias, Lorène avait longé, derrière la maison, un
cloître aux parois d'azulejos. Frais à l'œil, les murs de
faïence représentaient tous les oiseaux de la création.

Ensuite, elle s'était aventurée dans le parc. Celui du
Château de la Reine l'avait enchantée : son gazon, ses
tulipes, ses beaux arbres avaient satisfait les rêves de
campagne de la citadine. Ici, ce qu'elle ressentait était
un mélange d'admiration et de malaise. L'exubérance
de la végétation, l'abondance et les innombrables
variétés de plantes fleuries dépassaient l'imagination.
Sous ce climat béni des dieux, sans hiver, lauriers-roses,
camélias et géraniums atteignaient des dimensions
gigantesques, jusqu'à former des voûtes au-dessus des
allées.

Les sentiers débouchaient parfois sur une terrasse où
gazouillait une fontaine. Des ronds-points abritaient
des statues verdies, dont le socle disparaissait sous des
rosiers en fleur. Plusieurs fois, Lorène crut s'être
perdue dans un bois si dense que le feuillage des arbres
ne laissait plus passer les rayons du soleil.

Après avoir suivi les rives d'un étang, elle avait
atteint la limite de la propriété. La clôture qui l'enfer-
mait était une curieuse haie compacte, impénétrable
autant qu'une muraille. Montant à plus de deux mètres,
serrées, comme taillées au sécateur, ses ramures entre-
mêlées étaient couvertes de petites feuilles coton-
neuses, gonflées d'une sève urticante. Lorène avait

longé cette haie pendant plusieurs kilomètres et se retrouvait maintenant derrière le portail d'entrée, impossible à ouvrir, commandé de toute évidence par une cellule photo-électrique. Il n'y avait pas de gardien en vue.

En revenant, pensive, vers la *Quinta,* elle découvrit une petite chapelle en bon état, entourée de genêts arborescents qui répandaient dans l'air un parfum de vanille. Puisqu'elle avait le droit de se promener à sa guise, elle essaya d'y pénétrer. La porte en était verrouillée. En regardant à travers la serrure, elle aperçut dans la demi-pénombre le reflet d'objets métalliques, sans toutefois pouvoir discerner la nature de ceux-ci.

A ce moment, elle commença d'éprouver un malaise.

Aussitôt, elle courut vers la maison, appelant Luis, Lucia et même Francisco.

Personne ne répondant à sa voix, elle sentait augmenter son angoisse.

A l'intérieur, ses coups de sonnette restaient sans effet, à croire que la domesticité s'était envolée, ou n'avait existé que dans son imagination.

Au rez-de-chaussée, elle jeta un coup d'œil dans les pièces de réception. Les salons, la bibliothèque, la salle à manger étaient déserts. Appelant d'un ton de plus en plus inquiet, elle monta au premier étage, ouvrit les portes de la douzaine de chambres situées de part et d'autre d'une galerie centrale. Une odeur de renfermé lui sauta aux narines. De toute évidence, ces pièces étaient inhabitées depuis longtemps.

Ayant repéré une aile sans étage, contiguë à la cuisine, Lorène la visita. Il y avait là, sommairement meublées, trois grandes chambres, aux murs chaulés, désertes elles aussi. Cependant, elle vit, étalés sur un des lits, le gilet rayé de Luis et le tablier blanc de sa

femme. Elle n'avait pas rêvé. Ces personnages existaient.

Dans la cuisine assez vaste pour que dix serviteurs y
travaillent à l'aise, l'électricité était la seule concession
au modernisme. La haute cheminée, le four à pain, les
garde-manger, ainsi que le fourneau noir, encore
chaud, dataient d'un autre siècle.

Posée en évidence sur la table, il y avait une clé
ancienne. En l'examinant, Lorène se souvint de la
serrure ouvragée de la chapelle. Elle prit cette clé.

En traversant le hall pour retourner au seul endroit
qui ne lui avait pas encore livré ses secrets, elle aperçut
l'appareil téléphonique. Elle se souvint de Mario, eut
envie d'entendre une voix amie. Peut-être le jeune
homme avait-il rejoint le bercail plus tôt que prévu ? En
appelant sa sœur, elle pourrait le savoir.

Elle décrocha l'appareil. Il était sans tonalité.

Cette fois, la panique l'envahit. Elle se sentait
comme un animal pris au piège. La clôture, la porte
d'entrée du domaine étaient infranchissables. Elle ne
pouvait avoir aucun contact avec l'extérieur. Même si la
cage était vaste et dorée, c'était une cage. Impossible
de s'en échapper ou demander de l'aide.

Pourquoi ? se demandait-elle. Que lui voulait-on ?
Rien n'avait plus de sens. Elle était venue ici pour
travailler, avec des consignes précises qu'elle n'avait
pas enfreintes. Il n'avait jamais été question qu'elle fût
cloîtrée.

Elle avait l'impression de devenir folle. La clé à la
main, elle se précipita vers la chapelle. Des questions
saugrenues lui traversaient l'esprit. Etait-elle un otage
ou la victime de trafiquants ? Mais alors de quel trafic
s'agissait-il ? La clé allait peut-être lui donner la
réponse ?

Elle ne s'était pas trompée. Celle-ci s'adaptait à la
serrure.

Curieusement, son angoisse se dissipa dès qu'elle franchit le seuil. Elle ressentit même une agréable impression, comme si elle était accueillie par un ami.

La maison l'avait déconcertée par son luxe hispano-mauresque et par la dimension de ses pièces. Ici, en revanche, tout était à son goût et à ses mesures.

Habilement transformée en bureau, la salle n'avait gardé de sa destination première que de hautes fenêtres en ogive, fermées de vitraux colorés, une énorme charpente en bois qui soutenait la voûte du plafond, des dalles de pierre, en partie recouvertes par de chatoyants tapis.

Un décorateur, ou une femme de goût, l'avait meublée de sièges de cuir et de tables basses au plateau de marbre. Sur trois des murs, des étagères pliaient sous le poids des livres. Contre le quatrième, à côté d'un large bureau d'acajou, étaient installés les éléments d'une chaîne haute-fidélité. Lorène en avait vu briller les touches métalliques par le trou de la serrure.

Elle s'en approcha. Une cassette était dans le magnétophone. Par jeu, elle mit le contact. Un voyant vert s'alluma. La bande tourna.

Un rire emplit la pièce. Surprise, elle regarda autour d'elle. Il n'y avait personne. Elle finit par découvrir deux haut-parleurs fixés aux poutres.

Un silence. Puis de nouveau, le même rire. Intriguée, elle attendit la suite en s'asseyant confortablement dans un fauteuil.

« — Bravo, Lorène ! Vous avez agi exactement comme je l'avais prévu. »

La voix de Vicente. Elle se leva avec la précipitation d'un diable jaillissant d'une boîte. Puis, les jambes coupées, retomba au creux du siège. Elle voulut hurler, mais n'émit qu'un faible cri, tandis que la voix poursuivait, railleuse :

« — Le fait que vous entendiez cet enregistrement

prouve que je ne me suis pas trompé sur votre compte.
L'ambition vous guide, Lorène, et ce n'est pas le seul
de vos défauts. Voulez-vous que je les résume ? Pendant que je parlerai, vous aurez le temps de vous
remettre de votre stupeur.

« Un certain soir, je vous ai dit que si vous vouliez
réussir dans la vie, vous deviez vous débarrasser d'une
spontanéité encore juvénile et réprimer une gentillesse
qui vous rendait vulnérable. Vous vous êtes empressée
de m'écouter. Il ne vous a pas fallu beaucoup de temps
pour choisir entre la fidélité à une amitié d'enfance et
l'espoir d'appartenir enfin à cette race de conquérants,
dure, impitoyable, qui gouverne le monde des affaires.
Un contrat alléchant et aussitôt, vous acceptez de vous
expatrier. Eblouie par votre promotion, ayant une trop
haute opinion de vous-même pour être effleurée par le
doute, vous courez vous jeter, tête baissée, dans le
piège, tandis que votre cousine à qui vous devez tout :
situation et confort, n'a plus que ses yeux pour
pleurer. »

Une pause.

Exsangue, croyant vivre un cauchemar, Lorène ne
comprenait pas, ne voulait pas comprendre. Vicente se
chargea de l'éclairer.

« — Pour quelle raison croyez-vous que je vous ai
envoyée si loin de votre pays ? poursuivait-il. Afin de
vous permettre d'exercer vos capacités professionnel-
les ? Elles existent peut-être, mais restent encore à
prouver. Parce que vous aviez fait sur moi une profonde impression lors de notre rencontre ? Le lendemain, je vous avais oubliée. La vérité est bien différente de celle que vous avez imaginée.

« Vous êtes ma prisonnière, Lorène. On entre ici
aussi difficilement que l'on sort de cette *Quinta* léguée
par mon beau-père, le comte de Lamego. En vous
enfermant, j'ai voulu vous punir de votre impudence.

« Votre liberté, vous ne la recouvrerez qu'après avoir réellement vécu avec moi cette nuit d'amour que vous avez si minutieusement décrite à votre cousine, Gina, et qui a, jusqu'alors, seulement existé dans votre imagination... »

Elle n'entendit pas la suite du message. La douleur provoquée par la révélation de Vicente lui fit perdre, pendant quelques instants, l'usage de ses sens.

Ainsi, Gina la trahissait. Gina, son amie, la seule femme en qui elle avait confiance, lui avait joué ce tour ignoble d'aller raconter à l'intéressé une histoire que la décence lui commandait de garder pour elle.

Un soupçon se leva, s'enfla, devint certitude. Gina était la maîtresse de Vicente. C'était elle qu'il attendait, le soir, au *Château de la Reine*.

Il n'avait pas donné de précision sur l'amie qui lui avait fait faux bond. De son côté, Lorène n'avait jamais prononcé le prénom de sa cousine, pour la bonne raison que Gina s'appelait en réalité Joâna. Lorsque Lorène parlait d'elle à des étrangers, elle prononçait son véritable nom. Gina était un pseudonyme de mannequin et le diminutif que seuls ses intimes employaient.

« Je n'avais rien compris, se disait Lorène, effondrée, pas fait le moindre rapprochement entre Gina et la femme avec qui il avait rendez-vous. Aveuglée par mon coup de foudre, je me complaisais dans des rêves délirants... »

Le réveil était si brutal, si mortifiant qu'elle sentit brusquement la colère remplacer son chagrin. Une colère dévastatrice qui l'enflamma jusqu'à lui ôter la dernière parcelle de raison.

Elle se leva, arrêta le magnétophone d'un geste si brusque que la cassette sauta hors de sa cavité et tomba sur le dallage. Lorène ne pouvait s'en prendre qu'aux objets ; ils paieraient pour les absents.

Elle piétina la bande jusqu'à ce que le plastique qui

protégeait l'enregistrement fût en miettes. Ensuite, elle saisit sur une table basse un livre qu'elle envoya rageusement à travers la pièce. Un lourd cendrier en cristal allait prendre le même chemin, mais le geste resta inachevé.

La porte s'était ouverte. Avant que Lorène se fût rendu compte de ce qui lui arrivait, une main avait attrapé son poignet l'obligeant à lâcher prise.

Un bruit de verre brisé fit écho à son hurlement.

Vicente était près d'elle, en tenue de cavalier comme lors de leur première entrevue. Elle eut à peine le temps de remarquer l'expression d'hostilité qui durcissait le visage racé. Vicente l'avait serrée contre lui. Renversant la tête de Lorène en arrière, ses lèvres dures écrasèrent les siennes.

Encore enfiévrée de fureur, insensible aux meurtrissures que lui infligeait l'étreinte impitoyable des bras d'acier, elle se débattit comme une forcenée.

Vicente se contenta de la maintenir contre lui, sa bouche pressée sur la sienne. Comme elle lui envoyait des coups de pied, il immobilisa les jambes de Lorène d'un mouvement précis, dépourvu de brutalité, mais si rapide qu'elle aurait perdu l'équilibre s'il ne l'avait tenue aussi étroitement.

Pendant plusieurs secondes, il parut savourer le plaisir de l'avoir, frémissante d'indignation, à sa merci. Puis ses lèvres entrouvertes glissèrent doucement sur celles de la jeune fille comme sur le bord d'un harmonica. Son souffle s'accéléra. Lorène retenait le sien.

Elle avait cru aimer cet homme. Elle le haïssait sûrement. Mais quels que fussent les sentiments qu'il lui inspirait, il éveillait en elle des sensations incontrôlables. Comme le soir où il l'avait emprisonnée dans ses bras, sa colère s'apaisait pour laisser peu à peu la place à une ardeur que lui seul pouvait éteindre.

Elle avait maintenant l'impression qu'un fleuve brûlant coulait dans ses veines. Elle souhaitait que s'arrête l'irritante caresse de ses lèvres, mais en même temps, elle désirait violemment qu'il la prolonge, la rende plus exigeante.

Il n'avait plus à la retenir. C'était elle, à présent, qui s'accrochait à lui de ses deux bras, dont elle lui faisait un collier. Elle voulait davantage que ce simple effleurement, sinon, pensait-elle, elle en mourrait. Des ondes de volupté la parcourant, elle appuya davantage ses propres lèvres sur celles de l'homme.

Alors, il la lâcha et la repoussa d'un geste impatient. Chancelante, elle s'effondra sur le siège le plus proche.

Il eut un rire silencieux.

— Vous m'appartiendrez le jour où je le voudrai, remarqua-t-il, sarcastique.

Elle rassembla ce qui lui restait de dignité.

— Jamais, lança-t-elle d'une voix tremblante. Vous me prendrez peut-être en vertu de la loi du plus fort, mais je ne vous appartiendrai pas au sens où, moi, je l'entends.

— Vous venez de me prouver le contraire. Vous êtes encore vulnérable, Lorène.

— Vous vous contredisez, Vicente. Tout à l'heure, j'étais dure et impitoyable. Cette vulnérabilité dont vous vous moquez si cruellement n'est qu'apparente. Je peux encore vous réserver des surprises.

Elle soutint son regard. Les paupières de Vicente se plissèrent ironiquement. Il ordonna d'un ton bref :

— En attendant ces improbables surprises, réparez les dégâts que vous venez de commettre.

Il désigna la cassette écrasée, les éclats du cendrier et, plus loin, le livre en éventail sur le tapis.

Elle ne bougea pas, s'offrit même le luxe d'une boutade.

— Vous teniez donc tellement à conserver ce chef-d'œuvre ? demanda-t-elle avec un geste vers la cassete.

Les yeux noirs l'observaient avec une acuité gênante. Elle avait l'impression d'être évaluée comme une proie.

Dans un ultime sursaut de rébellion, elle ajouta :

— Si j'ai montré quelque faiblesse, vous-même, monsieur le moraliste, vous n'êtes pas particulièrement téméraire. En enregistrant votre petit discours, vous vous assuriez contre toute forme de contradiction. C'était facile de...

— Taisez-vous, l'interrompit-il. Au lieu de dire n'importe quoi, ramassez donc le livre que vous avez malmené. Ensuite, arrangez-vous pour que disparaissent les éclats de verre et de plastique. C'est inutile que mes domestiques soupçonnent vos mouvements d'humeur.

Il n'avait pas élevé le ton, mais sa voix possédait une telle puissance de domination que Lorène obéit avec une sorte d'automatisme.

En prenant le livre pour le remettre sur la table, elle s'aperçut qu'il s'agissait d'une ancienne et très rare édition de la Bible.

— Je suis navrée, dit-elle en défroissant de la main les pages qui avaient souffert de sa violence. J'ignorais de quoi il s'agissait.

Elle replaça avec précaution le volume où elle l'avait pris. Ensuite, après avoir rassemblé du pied les débris qui jonchaient le sol, elle se pencha pour les ramasser.

Vicente s'approcha d'elle et lui tendit son mouchoir déplié.

— Mettez-les là-dedans, proposa-t-il d'un ton radouci. Je les jetterai plus tard dans un fourré.

Surprise par son changement d'attitude, elle le regarda. Les traits énigmatiques avaient perdu de leur arrogance et les yeux noirs la dévisageaient maintenant avec une attention presque amicale.

— Vous êtes peut-être différente de ce que j'avais cru, dit-il, pensif. Votre geste et votre réflexion au sujet du livre m'obligent à réviser mon opinion. Je vous connais mal. Asseyons-nous et bavardons comme peuvent le faire un juge et son prévenu. Je ne vous acquitterai pas, mais vous aurez au moins la satisfaction de m'apporter cette contradiction, dont vous vous plaigniez d'avoir été privée.

CHAPITRE V

— Auriez-vous trouvé dans mon réquisitoire un seul fait qui ne soit pas exact ? demanda Vicente.

Ils s'étaient assis face à face, mais avec une table basse entre eux.

Sans répondre à la question, Lorène se délivra de ce qui l'avait particulièrement meurtrie.

— En allant vous raconter une conversation qu'elle devait garder secrète, Gina a trahi ma confiance. Elle était votre amie, peut-être même votre maîtresse, et je n'en savais rien. Vous vous êtes bien moqués de moi, tous les deux.

L'amertume avait donné à sa voix une âpreté dont elle n'avait pu se défendre.

Visiblement, il ne s'attendait pas à cette répartie. Les sourcils froncés, il l'observa avec un intérêt accru.

— Tiens, tiens, seriez-vous d'un tempérament jaloux ?

Désabusée, elle haussa les épaules.

— J'ai du chagrin. Un sentiment que vous ne pouvez pas comprendre. Lorsque j'écoutais votre enregistrement, j'ai senti s'écrouler mes illusions. Je n'en suis pas encore remise.

— Votre cousine n'est ni mon amie ni ma maîtresse,

affirma-t-il d'une façon convaincante. Si cette précision peut vous apporter quelque apaisement, je vous la livre volontiers.

Plus qu'un apaisement, c'était pour elle une délivrance. L'affirmation ayant eu le ton de l'authenticité, à cet instant, Lorène oublia les déceptions, les menaces et l'humiliation que Vicente lui avait infligées.

La joie éclaira son fin visage. Elle surprit un éclair d'amusement dans les yeux fixés sur elle.

Agacée d'être si bien devinée, elle remarqua d'une voix qu'elle s'efforça de rendre indifférente :

— J'ai pourtant l'impression que vous connaissez Gina, sinon, comment...

Il l'interrompit pour préciser d'un ton impatient :

— Le lendemain de votre anniversaire, votre cousine m'a téléphoné chez moi, au Brésil. J'étais arrivé quatre heures plus tôt par le *Concorde*. Elle avait obtenu mon numéro par une employée du *Château de la Reine*. Une maladresse de plus au compte de cet établissement décidément mal tenu. La communication a été aussi brève qu'explosive. En quelques minutes, j'ai appris que je n'étais qu'un vil suborneur qui avait abusé de la plus innocente des jeunes filles. Après un combat dont j'avais triomphé, la victime, loin de m'en vouloir, se consumait d'amour pour moi... Je vous transmets presque mot pour mot les termes outranciers employés par votre impétueuse cousine.

Visiblement réjoui du désarroi de Lorène, il marqua une pause avant d'enchaîner, railleur :

— Pour calmer cette furie, j'ai donc promis de réparer mes torts. Je lui ai demandé de m'accorder sa confiance et de ne pas vous dévoiler notre entretien téléphonique.

Rouge de confusion, Lorène baissa les paupières. Dans son bouleversement, elle n'arrivait pourtant pas à détester Gina. L'initiative de la jeune femme avait

découlé à la fois de son penchant pour la tragédie et de
l'attitude protectrice qu'elle avait toujours témoignée à
sa cadette. Souhaitant sincèrement que Lorène trouve
le bonheur et réussisse mieux qu'elle sa vie sentimentale, elle avait dû ressentir comme un échec, voire
comme une offense personnelle, un pseudo-abandon
qu'elle jugeait aussi imprudent que désastreux.

Regrettant son mensonge, mais ne pouvant plus le
nier, Lorène tenta une parade.

— Gina est folle, assura-t-elle en regardant de nouveau son interlocuteur.

— Elle vous aime, rectifia-t-il. Lorsqu'elle m'a
appelé, elle venait de vous quitter. Ayant cru à la fable
que vous lui aviez racontée, elle était toutes griffes
dehors comme une chatte qui défend son petit.

— Pourquoi n'avez-vous pas tenté de la détromper ?

Vicente aiguisa son regard.

— Je vous ai fourni la réponse tout à l'heure. La
situation m'a paru assez piquante pour que j'essaie d'en
tirer le meilleur parti possible. En outre, sur le plan
commercial, j'y ai vu comme un coup de projecteur sur
une affaire qui, jusqu'alors, ne m'avait pas particulièrement passionné. Devenu majoritaire d'une société en
difficulté, j'avais laissé à mes conseillers le soin d'étudier les dossiers. L'occasion m'était offerte de les
rouvrir moi-même, ce que j'ai fait sur-le-champ.

Lorène n'était pas complètement convaincue.

— Au *Château de la Reine,* lorsque je vous ai confié
le nom de la firme qui m'employait, vous n'avez pas
réagi.

— La jungle des affaires m'a appris à contrôler mes
réactions.

La voyant toujours aussi sceptique, il précisa :

— Ce soir-là, l'idée m'a même effleuré que notre
rencontre n'était peut-être pas aussi fortuite qu'elle le
paraissait. Un moment, je vous ai soupçonnée de

travailler pour le compte d'un concurrent désireux de
connaître mes projets.

— De l'espionnage industriel, dit-elle avec un sourire amer. Décidément, vous ne m'accordez jamais le
beau rôle.

Sans relever la remarque, Vicente poursuivit :

— J'ai été vite rassuré. Les espions sont d'une autre
argile.

Un sourire presque avenant avait souligné sa boutade. Lorène aurait pu croire à un compliment s'il
n'avait aussitôt ajouté :

— ... Dépourvus de fantaisie, ils relatent ensuite les
événements tels qu'ils les ont vus et non pas tels qu'ils
désiraient les voir.

Le sourire s'effaça et les yeux sombres plongèrent
dans l'iris vert de son interlocutrice avec une expression
à la fois railleuse et déterminée. Pas un instant, Lorène
ne devait oublier la raison qui l'avait amenée à la
Quinta.

— Vous avez trop d'imagination, dit-il en plissant les
paupières. Tout aurait été plus simple si, le soir où nous
nous sommes rencontrés vous aviez envoyé vos prin-
cipes aux oubliettes et laissé votre charmant corps
prendre le plaisir auquel il aspirait et que j'étais tout
disposé à lui offrir. Libérée de vos démons, vous
n'auriez pas éprouvé ensuite le besoin de les décrire à
Gina. Savez-vous que dans sa démesure, elle m'a
menacé de me tuer ? Menace que je n'ai pas prise une
seconde au sérieux.

— Je connais l'exubérance de Gina ; aussi je
m'étonne que vous ayez eu la patience d'écouter ma
cousine jusqu'au bout.

— Elle m'amusait tout autant qu'un personnage de
théâtre. D'autre part, comme je ne pouvais laisser sans
suite une accusation aussi grave, il me fallait un certain
nombre de détails qu'elle m'a obligeamment fournis.

Ecarlate, les lèvres tremblantes, Lorène respira à
fond. Après un silence, elle remarqua d'une voix
affermie :

— Je m'étonne que, guidé seulement par l'esprit de
vengeance, vous ayez pris la peine de monter un
scénario qui vous a coûté beaucoup de temps et
d'argent.

— Le temps est pour moi plus précieux que l'argent,
souligna-t-il. Cependant, pour cette distraction insolite,
je me suis tout de même offert huit jours de vacances.
La vengeance est un plat qui se mange froid, dit-on
dans votre pays. Je vais déguster à mon heure celui que
vos divagations m'ont superbement cuisiné.

Elle détourna les yeux pour échapper au pouvoir
magnétique du regard noir et brillant.

— Vous parlez comme si je n'étais qu'une esclave
passive que vous auriez enfermée pour votre plaisir,
remarqua-t-elle. Or, à cette fête que vous vous prépa-
rez, il manquera l'essentiel.

— Qu'appelez-vous l'essentiel ?

— La passion du cœur.

Comme il ne répondait pas, Lorène sentit renaître
l'espérance. Peut-être, après tout, ne lui était-elle pas
aussi indifférente qu'il tentait de le laisser croire ?

Mais en le regardant, elle se heurta de nouveau à un
visage hermétique.

— Libre à vous de corser le plat avec les tendres
sentiments que vous nourrissez à mon égard, rétorqua-
t-il avec ironie. L'ingrédient fait partie de la recette ?
N'avez-vous pas avoué à Gina votre passion envers
moi ?

De nouveau irritée, elle haussa les épaules.

— Vous vous croyez très fort, n'est-ce pas ? Or, vous
avez tout de même commis une erreur. Par votre
mépris et l'outrance du châtiment que vous me réser-
vez, vous avez détruit l'image de vous que je m'étais

inventée. Le véritable Vicente, celui qui me nargue en
ce moment, je ne l'aime pas et ne l'aimerai jamais.

— Vraiment ?

Il s'était levé. Elle devina que si elle ne trouvait pas
les mots pour le convaincre, il allait lui prouver sur-le-
champ que l'amour tel qu'il le concevait pouvait se
passer de sentiments.

Elle serra l'une contre l'autre ses deux mains à se
blanchir les jointures. De nouveau, pour fuir le regard
qui la traquait, elle baissa la tête.

— Vous m'avez troublée, c'est vrai, avoua-t-elle très
vite d'une voix étouffée. Mais pour un homme habitué
à plaire, où est le triomphe ? Parce que physiquement
vous êtes le plus fort, vous profiterez de ma faiblesse.
Viol, défloration, vous avez le choix entre les termes.
Le résultat sera le même. En plus, vous aurez saccagé
mes rêves. Les rêves un peu fous d'une jeune fille trop
romanesque.

Il ne bougeait pas, restait silencieux.

Le front baissé, Lorène gardait l'œil fixé sur les
bottes du cavalier, redoutant de les voir contourner la
table et s'avancer vers elle. Alors, avec une émotion
d'autant plus sincère que cette profession de foi répondait à ses aspirations, elle ajouta :

— L'amour, ce doit être aussi l'envie de rester
immobile, blottie sur une poitrine dont on écoute battre
le cœur.

— Et vous n'avez pas envie d'entendre battre le
mien ?

— Non.

Elle avait menti avec une force si convaincante que
les bottes firent brusquement demi-tour et sortirent de
son champ de vision.

Elle releva le front.

Il ne la regardait plus. La tête légèrement penchée,

les mains derrière le dos, Vicente se promenait de long
en large dans la pièce.

« Apparemment, se dit-elle, je l'ai découragé. La
fille trop sage qui, d'un ton suppliant, expose ses
théories sur l'amour, a de quoi faire fuir le plus
entreprenant des séducteurs. »

Elle se rendait compte que tel n'avait pas été le but
de son plaidoyer. Elle essayait seulement de gagner du
temps. Huit jours. Il s'était donné huit jours « pour la
punir », comme il disait. Une punition qu'elle redoutait
et désirait à la fois. Pendant une semaine, la crainte le
disputant à l'espoir, elle aurait vécu dans un état
d'exaltation, épuisant certes, mais préférable à la
sensation d'abandon qui l'étreignait en ce moment.

Elle éprouvait l'impression d'être devenue un objet
encombrant, dont il cherchait à se débarrasser. Pas une
fois, il ne se tourna vers elle. Quand il passait devant
l'une des hautes fenêtres, percées à l'ouest dans la
muraille, un rayon de soleil le colorait de pourpre et
d'or. Dans cette ancienne chapelle, Lorène se prenait à
évoquer quelque merveilleux saint de vitrail. Puis elle
s'en voulait de céder à l'attendrissement. Un saint,
Vicente ? Plutôt un démon ! Qu'allait-il faire de son
otage, ce Prince des Ténèbres ? Allait-il le renvoyer en
France par le premier avion ?

Comme s'il devinait le cours des pensées de sa
prisonnière, il revint se planter devant elle et déclara de
sa belle voix grave et envoûtante :

— Bien joué, Lorène ! Mais ne pavoisez pas. Si vous
avez gagné la première manche, moi, je marquerai le
score final. C'est vrai que j'ai l'habitude de foncer
comme la tempête sans trop me soucier de ce que je
laisse dans mon sillage. Mais en revanche, je n'ai
encore jamais abusé d'une femme. Elles viennent à
moi, consentantes. Si je le voulais, vous seriez à
l'instant même aussi soumise qu'une autre. Or, votre

petit discours m'a donné une idée. S'il est exact qu'avant moi, aucun homme ne vous a encore touchée, si vous êtes vraiment la romantique petite personne dont vous m'avez brossé le portrait, j'exige bien davantage de vous qu'un bref plaisir. Vous ne m'aimerez jamais, avez-vous affirmé avec une sorte de rage méprisante. Très bien, je relève le défi, Lorène. J'aurais facilement obtenu votre charmant corps. Maintenant, je veux votre tendresse. J'y mettrai le prix qu'il faudra, mais je l'aurai.

La colère envahit de nouveau la jeune fille.

— Vous croyez pouvoir acheter la terre entière. Mais l'argent n'ouvre pas toutes les portes. Au cours de votre enregistrement, vous m'accusiez de n'être guidée que par l'ambition. Rien n'est plus faux. Oui, j'ai accepté avec fierté le contrat que l'on m'offrait. Oui, j'étais heureuse que l'on ait enfin reconnu mes mérites. Est-ce donc un défaut ? En tout cas, je peux vous affirmer que l'appât du gain ne m'a pas guidée. Et ce ne sera pas en me couvrant d'or...

— Qui vous parle de vous couvrir d'or ? coupa-t-il en veloutant sa voix. J'ai d'autres atouts dans mon jeu, Lorène. Je vous parie qu'avant la fin de la semaine, éperdue d'amour, de cet amour dont vous cultivez si obstinément la fleur bleue, vous vous jetterez vous-même dans mes bras.

— Quelle fatuité ! Et en admettant que je sois assez sotte pour vous aimer, qu'arrivera-t-il ensuite ?

Entre les cils bruns s'alluma une lueur amusée qui s'éteignit aussitôt.

— Rien d'autre que ce qui arriverait sur l'heure si je n'avais décidé de mettre provisoirement un frein à l'envie que j'ai de vous, dit-il d'un ton qui ne laissait aucune illusion.

Lorène avait cherché un sursis. Elle l'obtenait. Elle aurait dû être soulagée. Pourtant, elle éprouvait un sentiment de défaite qu'elle masqua sous la désinvolture.

— En somme, plus j'attendrai pour capituler, plus je souffrirai. C'est bien ainsi que vous envisagez maintenant votre vengeance ?

— Exactement.

— Pour être si sûr de votre victoire, de quels atouts disposez-vous ?

Il rit.

— Le grand art, c'est de ne jamais montrer ses cartes. Mais comme je suis bon prince, je vous laisserai la donne.

Puis, cessant d'employer le ton du badinage, il la prit par le bras et l'entraîna à l'extérieur en affirmant qu'il en avait assez de leur joute oratoire. Ne pouvaient-ils bavarder comme deux amis ?

Encore tendue, sur ses gardes, elle rectifia.

— Deux amis, ce n'est pas exactement ce que nous sommes. Même en effaçant tout le reste, il m'est difficile d'oublier que vous êtes le directeur général de la société qui m'emploie.

— Mais ma petite Lorène, vous n'avez rien compris ! s'exclama-t-il. Je n'ai jamais eu l'intention de créer ici un poste commercial. Dans quelques jours, vous enverrez à Paris un rapport sur la situation économique de l'île et l'absence de débouchés dans l'archipel pour les conserves de la firme. Par voie hiérarchique, ce compte rendu me parviendra. Je l'approuverai. Vous aurez alors le beau rôle avec la possibilité de choisir d'autres fonctions ou de reprendre avantageusement votre liberté. Pas un instant, croyez-moi, je n'ai cherché à vous nuire sur le plan professionnel.

— Attendez. Le jeu est-il commencé ?

— Oui, mais je le répète, il n'a rien à voir avec votre situation.

— Vous m'avez bien dit que vous m'accordiez la donne, n'est-ce pas ? Donc, je distribue les cartes.

— Certes. Mais où voulez-vous en venir ? demanda-t-il d'un ton soupçonneux.

— Puisque vous vous prétendez « bon prince », soyez-le sur toute la ligne et laissez-moi accomplir la mission dont je me suis crue chargée.

— Je refuse. Vous n'empoisonnerez pas mes compatriotes avec vos infâmes conserves.

— Vos compatriotes ?

— Oui. Mes ancêtres paternels étaient portugais. Et si moi-même j'habite le Brésil, je suis né près d'ici, dans une maison qui n'existe plus, mais dont les terres ont, lors de mon mariage, agrandi celles de la *Quinta*.

Elle avala difficilement sa salive.

— Vous... vous êtes marié ?

— Ma femme est morte depuis trois ans. Alors, s'il vous plaît, n'abordons pas ce douloureux sujet, dit-il sèchement. Je voulais seulement vous faire comprendre que des liens affectifs très puissants m'attachent à cette île. J'en respecte trop les habitants pour essayer de leur vendre n'importe quoi.

— Vous les respectez, mais vous n'entreprenez rien pour les aider à mieux vivre.

Elle avait énoncé cette évidence d'une voix ferme. Son esprit avait enfin secoué l'espèce de léthargie qui le paralysait. Lorsque Lorène recouvrait son bon sens, rien ne la détournait du but qu'elle se fixait et ses initiatives avaient, en général, des suites heureuses.

Pendant qu'il parlait de ses biens, de sa femme, de l'affection qu'il vouait à son île, alors que chacune de ses paroles aurait dû enfoncer Lorène un peu plus dans la désespérance, la jeune fille voyait se préciser un souvenir dans sa mémoire : Mario, sa gentillesse et son sourire. Elle pensait aux confidences du garçon sur la pauvreté de son pays, à son déchirement lorsqu'il avait dû quitter les siens pour s'expatrier. Sans toutefois lui ôter de son prestige, Lorène en voulait à Vicente. Qui était-il ce grand seigneur, lisse, hermétique, superbe, qui la dominait de sa haute taille et de son arrogance ? Un aigle qui ne se posait sur son joyau d'île que le temps d'y dévorer une proie. Avait-il jamais regardé vivre ceux qu'il prétendait aimer ?

Surpris par la réflexion de la jeune fille, il ne répondit pas tout de suite, mais obligea sa compagne à s'arrêter au milieu des genêts qui avaient envahi les abords de la chapelle et dont les longs épis jaunes s'incurvaient au-dessus de leurs têtes. Elle profita du silence de son interlocuteur pour continuer du même ton assuré :

— Je sais qu'à São Miguel, les habitants sont pauvres.

— Vous êtes mal renseignée. Ici, la terre est riche, l'élevage, prospère. Nous exportons de la viande.

— Et des émigrants.

Il la regarda avec acuité.

Lorène se dit que Francisco ayant sûrement fait son rapport, Vicente devait savoir que Lorène s'était liée d'amitié avec un jeune homme de São Miguel. Elle s'attendit à essuyer de nouveau sa colère.

Elle ne baissa pas les yeux et s'étonna secrètement de voir ceux de Vicente se voiler de tristesse.

— C'est vrai, admit-il. Aux Açores, les familles sont déchirées par l'exil d'un frère, d'un fils ou d'un époux. Mais à ces drames, il n'existe pas de remède.

— Si vous le vouliez, vous pourriez retenir dans l'île une grande partie de ces pauvres gens. Trouvant sur place du travail, ils n'iraient pas en chercher à l'étranger.

Avait-elle touché en lui un sentiment d'humanité qu'il dissimulait habituellement sous un masque de froideur ? Il lui sourit soudain avec une gentillesse de grand frère.

— Auriez-vous une solution à proposer ? demanda-t-il d'un ton chaleureux.

Une demi-heure plus tôt, quand il la tenait dans ses bras, cette voix aurait bouleversé Lorène. Maintenant qu'elle était redevenue elle-même, les ruses de Vicente ne la troublaient plus.

— Si je connaissais mieux l'île et ses ressources, dit-elle en lui rendant son sourire, je trouverais sûrement une solution. Je suis rarement à court d'idées.

— En acceptant votre poste, en aviez-vous une derrière la tête ?

— Plusieurs. Entre autres, j'avais l'intention de créer sur place des fabriques. La pêche est fructueuse. Nous pourrions mettre du poisson en boîtes, préparer des plats cuisinés meilleurs que les conserves...

— Bravo ! Lorène, coupa-t-il d'un ton joyeux. C'est vrai qu'il y a en vous l'étoffe d'une femme d'affaires.

N'ayant décelé aucune ironie dans sa boutade, elle s'apprêtait, toute fière, à lui exposer ses théories sur la question. Mais il lui tapota gentiment l'épaule.

— Nous reparlerons de tout cela plus tard, continua-t-il. Cette fin d'après-midi est trop belle pour la gâcher avec des discussions commerciales. Je ne vous offre pas de visiter la propriété. Ayant suivi aux jumelles une partie de votre itinéraire à travers le parc...

Elle eut un léger recul dont il devina la raison.

— Ne vous cabrez pas. Vous savez maintenant qu'en venant ici, vous tombiez dans les filets que je vous avais tendus. Il était donc normal que je guette vos faits et gestes. Au dernier étage de la tour, la seule construction ayant échappé à votre curiosité, existe un observatoire, aménagé, jadis, pour surveiller les environs. Après une longue promenade à cheval, j'ai regagné la *Quinta* au moment où, ayant achevé votre repas, vous commenciez de déambuler dans le parc. Je suis monté en haut de la tour d'où je vous ai repérée.

— Pourquoi avez-vous renvoyé les domestiques et coupé le téléphone ?

— Chaque après-midi, dès qu'ils ont terminé leur service de table et de cuisine, Luis et Lucia ont le droit de s'absenter. Francisco habite en dehors du domaine. Quant au téléphone, j'en ai seulement débranché la prise. Par jeu, je voulais créer autour de vous une atmosphère étrange. Vos réactions m'intéressaient.

— Ont-elles répondu à votre attente ? lança-t-elle sans pouvoir dissimuler son amertume. Vous n'êtes pas déçu, j'espère.

Il riposta d'un ton ambigu :

— Je vous dirai plus tard si je suis déçu ou non.

Puis aussitôt, retrouvant comme par enchantement le visage d'un ami, il passa son bras sous celui de Lorène et se dirigea vers la maison.

— Venez prendre une tasse de thé avec moi, dit-il. Lucia a dû nous dresser une table à l'extérieur, dans la galerie des *azulejos*. C'est sous les rayons obliques du couchant qu'il faut admirer mes précieux carreaux de faïence...

Il cassa une branche de genêt qu'il tendit à Lorène après en avoir respiré l'arôme d'un air gourmand.

— Vous la mettrez dans votre chambre, dit-il. Son parfum vous rappellera l'instant magique où j'ai cessé de ne trouver en vous que des défauts.

Déconcertée, elle se laissa guider par lui jusqu'à la *Quinta*.

CHAPITRE VI

Ils prirent le thé au milieu des oiseaux figés dans l'émail des *azulejos* et bavardèrent d'un ton amical.

Après l'avoir complimentée sur sa robe chemisier en toile blanche, Vicente lui demanda si elle avait apporté dans ses bagages une tenue plus habillée.

— Je donne ce soir une réception, expliqua-t-il. Etant mon hôte, vous y êtes naturellement conviée.

La gorgée de thé qu'elle avalait, faillit passer de travers. Elle toussota, puis ouvrit des yeux incrédules.

— Une réception ? Mais je vous croyais arrivé de ce matin.

Vicente esquissa un lent sourire qui fit étinceler ses dents. Hochant la tête d'un air moqueur, il remarqua :

— Encore une vue de votre esprit. Je suis ici depuis trois jours.

Mentalement, elle fit la soustraction. S'il s'était accordé une semaine de liberté, l'échéance qu'il lui avait fixée était plus proche qu'elle ne l'avait escompté.

Aussitôt, elle se pencha au-dessus d'une assiette de pâtisseries et parut hésiter à faire son choix entre des gâteaux aux amandes et des *queijadas* au fromage. En réalité, défilaient malgré elle dans sa tête des images de cette folle nuit mensongèrement décrite à Gina. Une chaleur gênante l'empourprait. En même temps, comprenant que l'inévitable séparation allait avoir lieu plus tôt que prévu, elle sentait la tristesse l'envahir.

L'orgueil aida Lorène à se reprendre. Ce diable d'homme devait rester dans l'ignorance des sentiments qu'elle éprouvait à son égard.

Des rares confidences que Vicente avait consenti à lui livrer, elle en déduisait qu'il n'avait aimé qu'une femme : la sienne. Depuis son veuvage, il avait laissé son cœur s'amuser au hasard des rencontres. Inconstant, il collectionnait les conquêtes. Lorène n'était pas dupe. Il la posséderait probablement comme les autres, car il avait fait sourdre en elle un torrent de sensations nouvelles et exigeantes qu'il était seul à pouvoir apaiser. Mais elle se promit d'agir de façon à lui laisser croire que son triomphe se limitait à la domination des sens.

« Si mon cœur saigne, pensait-elle, il n'en saura rien. »

Les paupières à demi fermées, il l'observait avec acuité.

— Est-ce l'idée de mon prochain départ qui vous bouleverse ? railla-t-il. Votre préoccupation étant alors purement affective, j'aurais marqué un point.

Relevant la tête, elle lui offrit un visage faussement serein. C'était pourtant un masque difficile à composer. Le seul fait d'écouter sa voix, de regarder ses yeux sombres et brûlants, de suivre le mouvement de ses lèvres au dessin sensuel, plongeait Lorène dans une sorte d'extase. Elle réussit tout de même à dire d'une voix normale :

— Le jour de votre départ sera celui où je recouvrerai ma liberté. Pourquoi en serais-je affligée ? Cette soirée que vous venez de m'annoncer me préoccupe davantage que notre prochaine séparation. D'abord, elle m'étonne. Une réception ne s'improvise pas, surtout dans une demeure qui donne l'impression d'être abandonnée depuis longtemps. Ensuite, si elle a lieu, pourquoi serais-je contrainte d'y assister ?

— Vous y participerez parce que je vous le demande, exigea-t-il.

Son regard brillait de nouveau d'un éclat sauvage. Lorène tenta de le défier.

— Dans mon contrat, rien ne m'oblige à ce genre de corvée.

— Il ne vous oblige pas non plus à m'appartenir. Pourtant, un soir ou l'autre, vous me rejoindrez de votre plein gré dans ma chambre. Alors, cessez de vous abriter derrière des conventions inexistantes.

— Je n'ai pas de robe du soir.

— Vous m'étonnez. Une Parisienne aussi jolie que distinguée emporte nécessairement ce qu'il faut pour s'habiller selon les circonstances. En cherchant bien, vous trouverez une robe appropriée. Je vous préviens : dans l'île, comme les distractions sont rares, les femmes rivalisent d'élégance au cours des réceptions. J'attends une trentaine de convives. Un quart d'heure après l'arrivée des premiers, si vous n'êtes pas à mes côtés, j'irai vous chercher et vous ramènerai quelle que soit votre tenue. A vous d'agir comme il convient pour ne pas vous couvrir de ridicule.

Conquise, heureuse de l'être mais soucieuse de ne pas le montrer, Lorène demanda :

— Qui sont vos invités ?

— Des notables, des propriétaires, quelques professions libérales, tous d'anciens camarades que je n'ai pas souvent l'occasion de rencontrer. Par ailleurs, des amis, officiers, accompagnés de leur femme, viendront de la base américaine de Terceira, une île située à environ cent soixante kilomètres de São Miguel. Ceux-là ne repartiront que demain matin. J'ai fait préparer des lits

pour eux. A propos, qu'est-ce qui vous permet d'affirmer que le domaine donne une impression d'abandon ?

Elle lui décrivit sa course à travers la maison, alors
que la panique montait en elle. Et parce que sa trop
grande spontanéité lui faisait parfois commettre des
maladresses, elle ne manqua pas celle-là :

— ... A l'exception de la mienne, toutes les chambres sentent le renfermé. Puisque vous êtes ici depuis
trois jours, comment avez-vous pu dormir dans cette
odeur de cave ?

Un rire bref, outrageusement insolent, l'avertit trop
tard de sa bévue. Il s'était mépris sur le sens de ses
paroles.

— Ma chambre est située dans la tour, précisa-t-il.
Le seul endroit que vous n'ayez pas exploré. C'est un
vestige du xviie siècle. A cette époque, à la place de la
quinta, s'élevait un couvent. Craignant les invasions de
pirates, fréquentes dans l'île, les moines avaient installé
un guetteur au sommet. A présent que vous êtes
informée, vous n'aurez pas à ouvrir toutes les portes
avant de trouver celle qui vous intéresse.

Elle lui décocha un regard dont l'indignation le laissa
parfaitement insensible. Il se contenta de remarquer :

— Lorsque vous êtes en colère, vos yeux ont des
reflets d'émeraude. Suis-je également le premier
homme à vous le dire ?

Comme elle ne répondait pas, il poussa vers elle
l'assiette de pâtisseries.

— Servez-vous copieusement. Aucun dîner n'est
prévu. Il y aura seulement un buffet. Les invités
n'arrivant pas avant neuf heures, vous risquez d'avoir
faim.

— J'espère que vous ne me demanderez pas de
chanter, de jouer du piano ou de faire le quatrième au
bridge.

— Dois-je en conclure que vous n'êtes ni musicienne, ni joueuse ?

— Vous concluez trop vite, riposta-t-elle en riant. La musique est le soleil de ma vie. On m'a dit que j'avais su chanter juste avant de parler. Quant au jeu, quelques parties de cartes avec Gina m'ont prouvé qu'il ne me passionnait pas.

Il l'écoutait avec attention. Retrouvant un peu de son ancienne combativité, Lorène ajouta d'un ton qui se voulait sarcastique :

— Je ne joue d'aucun instrument, n'ai pas cultivé ma voix et ne sais pas raconter d'histoires drôles. Je n'ai pas non plus l'habitude des mondanités. Mon seul talent, c'est de bien connaître le métier pour lequel j'ai cru venir ici. Comme je suppose qu'il serait de mauvais goût de parler affaires avec vos amis, je crois préférable de ne pas assister à votre soirée.

Il répondit par un petit sifflement ironique. Sous ses longs cils bruns, son regard s'aiguisa.

— Serait-ce une déclaration de guerre ?

— Je ne me rebelle pas. J'ai dit : « Je crois préférable… » Ce n'était donc qu'une suggestion.

Il esquissa un chaleureux sourire qui monta jusqu'à ses yeux et le rendit soudain si proche, si amical, que Lorène se sentit prête à accepter tout ce qu'il exigerait. Elle eut beaucoup de mal à conserver son impassibilité, tandis qu'il affirmait qu'elle agirait au cours de la soirée selon son bon plaisir. Si elle trouvait des interlocuteurs pour l'écouter, il ne voyait aucun inconvénient à ce qu'elle les entretienne de ses projets…

— … Je n'exige que votre présence. Pour le reste, employez votre temps à votre guise.

— Et cette présence, comment l'expliquerez-vous à vos amis ?

Une brève lueur, dont elle ne comprit la signification que plus tard, traversa ses yeux.

— Je leur dirai la vérité. Du moins celle que vous imaginiez en venant à São Miguel. Je vous présenterai comme ma collaboratrice française.

**
**
**

Cette soirée devait rester gravée dans les souvenirs de Lorène comme un moment fascinant et irréel.

Dès qu'elle eut quitté le cloître aux *azulejos,* où ils avaient prolongé assez tard une discussion amorcée sur la musique et qui s'acheva sur les arts en général, elle comprit qu'une fois de plus, elle s'était laissée abuser par de fausses impressions.

Quelques pièces mal aérées, le souvenir de ce que Mario lui avait confié sur l'abandon de la *Quinta* par ses propriétaires et elle en avait conclu à tort que la demeure était inhabitée depuis longtemps. Si tel était le cas, la présence de Vicente lui avait redonné vie.

A l'extérieur, par les fenêtres de la cuisine, s'échappaient d'appétissantes odeurs de pâte chaude, de chocolat et de vanille. A l'intérieur, les pièces du rez-de-chaussée qui lui avaient paru solennelles et figées comme des salles de musée, s'égayaient maintenant d'une profusion de fleurs coupées, disposées un peu partout dans les vases par des mains habiles. Du personnel supplémentaire avait été engagé. Sous la direction efficace de Luis, des serviteurs en veste blanche s'affairaient à dresser les longues tables du buffet.

Avant de laisser Lorène rejoindre sa chambre, Vicente l'entraîna dans la bibliothèque. Repoussant la porte derrière eux, il serra la jeune fille par la taille et l'attira contre lui.

— Non, je ne veux pas, dit-elle instinctivement.

L'insidieuse chaleur qu'elle connaissait bien répandait de nouveau dans ses veines un feu ardent. Elle se sentait si vulnérable que Vicente n'aurait eu aucune difficulté à la plier à son plaisir.

Il s'amusa à la garder sans bouger dans l'étreinte chaude et puissante de ses bras. Puis, penchant la tête, il l'embrassa doucement sur les paupières et dans le cou.

Elle se raidit, luttant contre l'étrange langueur qui, de nouveau, l'amollissait. Attentive à un désordre qu'elle essayait de dominer, elle avait conscience de devenir dans les bras de Vicente une sorte d'être végétal, une fleur qui s'ouvrirait sous la tiédeur du printemps. Un printemps singulièrement traître et dont les caresses se dosaient avec une savante lenteur.

Les doigts habiles de Vicente s'étaient glissés dans l'encolure de la robe. Des ondes voluptueuses se répandirent à travers tout le corps de la jeune fille. Lorène tentait de juguler ses impulsions, mais un frémissement trahit brusquement son émoi.

Alors, tiède et douce, la bouche de Vicente se posa sur ses lèvres.

Dans un sursaut d'orgueil, sans pour autant triompher de son trouble, Lorène rejeta le buste en arrière. Ses yeux luisaient de désir autant que de rage.

Vicente la lâcha aussitôt avec un sourire.

— Vous luttez mal, Lorène. Maintenant, ce serait vraiment trop facile de vous avoir à ma merci. Ce que je veux, c'est que vous preniez vous-même l'initiative des opérations. Puisque vous connaissez l'emplacement de ma chambre, il vous sera aisé de venir m'y retrouver de votre plein gré.

— Jamais, lança-t-elle d'une voix brisée.

Il eut un rire moqueur, dont l'écho poursuivit Lorène tandis qu'elle quittait précipitamment la pièce.

Le feu aux joues, elle courut se réfugier dans sa chambre.

« Je ne céderai jamais, se répétait-elle. Après tout,

pourquoi ne profiterais-je pas de cette réception pour
m'enfuir ? Les portes du domaine, d'habitude si bien
verrouillées, vont rester ouvertes pour le passage des
voitures... Ponta Delgada n'est pas si éloignée que je ne
puisse atteindre à pied la première cabine téléphonique. J'appellerai Mario. Il avait raison de se méfier de
ceux de la *Quinta*... Ce Vicente est un être démoniaque... »

Tandis qu'elle s'efforçait de haïr Vicente, elle avait
l'impression que ses mains n'obéissaient plus aux ordres
de son cerveau. Avec fébrilité, elle fouillait dans ses
bagages, à la recherche de la plus élégante de ses robes.

Elle n'avait pas de vraie tenue de soirée. Si elle
n'avait suivi que ses propres goûts, elle s'en serait tenue
à des ensembles pratiques. Mais Gina lui avait rappelé
que les affaires se traitent parfois au cours d'un
cocktail.

Après s'être reposée et douchée, Lorène s'habilla
d'une jupe noire en velours, mi-longue, et d'une jolie
blouse de soie blanche aux manches resserrées aux
poignets, sur laquelle elle enfila le ravissant gilet brodé,
rapporté d'Italie par sa cousine.

Ensuite, elle brossa sa chevelure blonde jusqu'à ce
que celle-ci gonfle harmonieusement autour de son
visage. Toujours en remâchant ses griefs contre
Vicente, elle acheva l'ensemble en ombrant ses paupières et en avivant ses lèvres d'un fard léger.

Elle descendit le large escalier de pierre qui menait
de la galerie du premier au hall du rez-de-chaussée. La
main crispée sur la rampe en fer forgé, elle s'arrêta à
mi-étage.

Vicente accueillait les premiers invités. Lorène le
regarda en se disant que cet homme dissimulait peut-
être l'âme d'un démon, mais qu'il était si élégant en
smoking qu'aucune femme ne pouvait rester insensible
à son charme. Elle-même en suffoquait d'admiration.

Ensuite, la soirée les emporta dans un tourbillon de lumières, de musique douce, de conversations et de rires.

Personne ne sembla s'étonner que la secrétaire du maître de maison participe à la fête. Lorène ne trouvait autour d'elle que sourires et gentillesse.

On la questionna beaucoup sur ce qui se jouait et se portait à Paris. Grâce à Gina qui présentait les collections avec une saison d'avance, Lorène pouvait prédire les tendances de la mode, ce qui lui valut un vif succès.

Sa sobre tenue fut appréciée, car la plupart des femmes arboraient des robes noires, dont la sévérité n'enlevait rien à l'élégance, et qu'elles égayaient d'une écharpe ou d'un châle joyeusement colorés.

Au hasard des conversations, elle comprenait que les invités étaient des camarades d'enfance de Vicente. Aux Açores, faute de pouvoir trouver sur place l'établissement scolaire qu'elles désirent, les familles aisées envoient leurs enfants étudier sur le continent. La vie de pension à seize cents kilomètres de chez soi crée des liens indissolubles entre les exilés.

Par la suite, Vicente avait suivi ses parents au Brésil. Leurs études terminées, ses camarades, eux, étaient revenus s'installer dans leur île natale. Originaires de Lisbonne ou de São Miguel, leurs femmes étaient charmantes, brunes et, du moins au début de la soirée, réservées comme il sied à l'aristocratie portugaise.

Plus tard, le champagne délia les langues, mais sans que le ton général de la réception perdît de sa classe.

Très vite, elle découvrit que Vicente s'était moqué d'elle lorsqu'il l'avait autorisée à aborder le chapitre des affaires si elle en avait l'occasion.

Les propos qui s'échangeaient étaient souvent drôles, jamais vulgaires, mais d'une incroyable futilité. Les femmes parlaient chiffons, discutaient du dernier film et surtout de la vie privée de leurs vedettes préférées.

Les maris évoquaient des souvenirs de jeunesse, racon-
taient des histoires de pêche ou de chasse. Lorène avait
l'impression que les bouleversements du monde n'atteignaient pas les rivages de l'île.

Puis elle comprit que c'était volontairement que
chacun écartait de son esprit tout sujet sérieux. Ils ne
s'étaient réunis que pour se distraire. En outre, elle
devinait chez eux un certain refus des réalités. Ils se
cantonnaient dans leur paradis encore intact et en
savouraient pleinement les joies.

Il y avait là également, venus en hélicoptères de leur
base de Terceira, trois officiers supérieurs avec leur
femme. La présence de ces Américains parut insolite à
la jeune fille jusqu'à ce que l'un d'eux, le colonel
Waine, lui confie, entre deux coupes de champagne,
qu'il avait épousé Johanna, la sœur de Vicente.

Dans la cohue qui se pressait autour des tables du
buffet, Lorène s'arrangea alors pour se frayer un
chemin jusqu'à Johanna Waine : une grande brune
avec un chignon bas sur la nuque, des yeux de braise,
une bouche de star et un corps de statue que moulait un
long fourreau de lamé argent.

Belle et le sachant, Johanna avait été la seule femme
à ne pas questionner Lorène sur Paris, la seule aussi
dont le regard avait semblé glisser sur l'étrangère sans
la voir.

— Parlez-moi de Terceira, lui demanda Lorène.
L'île est-elle aussi fleurie que São Miguel ?

Johanna dévisagea son interlocutrice d'un air médita-
tif. Sans lui répondre, elle prit deux assiettes, y disposa
des sandwiches au caviar et au poulet, ajouta quelques
gâteaux luisants de beurre.

— Des *bichinhos,* précisa-t-elle avec un clin d'œil
gourmand. Délicieux quand on ne craint pas pour sa
ligne.

Elle tendit une assiette à Lorène, garda l'autre, saisit

un verre de whisky sur le plateau d'un serveur et fit signe à la jeune fille de la suivre.

S'écartant de la foule, elle traversa le hall, poussa une porte et s'engagea dans une galerie déserte, éclairée seulement par des appliques en bois doré, meublée de sièges en rotin. Par les baies, Lorène aperçut le cloître aux *azulejos*.

Johanna s'assit et désigna à sa compagne un fauteuil en face d'elle.

— Mon frère ne vous épousera pas, annonça-t-elle abruptement.

Interloquée, Lorène restait debout, se demandant si cette femme jouissait de toutes ses facultés. Mme Waine avait déjà beaucoup bu. Et parce que Lorène avait du mal à croire à la méchanceté des gens, elle mit l'insolent commentaire sur le compte de l'ivresse.

— Je ne comprends pas ce que vous insinuez.

La sœur de Vicente esquissa un mince sourire, vaguement condescendant.

— Vous m'avez fort bien comprise. Je vous le répète : abandonnez vos illusions. Vous n'êtes pas la première à avoir cru qu'en devenant la compagne provisoire de Vicente, vous réussiriez à vous faire passer la bague au doigt.

Jamais une idée aussi folle n'avait effleuré Lorène. Adolescente, elle avait beaucoup rêvé au mariage qu'elle voyait comme l'aboutissement normal de l'amour. N'ayant pas encore rencontré l'homme en qui elle aurait vu le compagnon prédestiné, elle avait changé d'idéal. Son travail, les sports, la lecture emplissaient sa vie. Et ce n'était pas parce qu'un grand amour illuminait maintenant son existence qu'elle allait se mettre à croire aux contes de fées.

Tout en se gavant de gâteaux, Johanna Waine continuait de répandre son venin.

— ... Depuis que la *Quinta* est de nouveau entrete-

nue, mon frère donne, deux ou trois fois par an, une
réception où il convie d'anciens amis. Depuis la mort de
sa femme, il se fait généralement accompagner par une
secrétaire ou prétendue telle. Nul n'est dupe. Dans ce
pays aux mœurs austères, son attitude en a choqué plus
d'un au début. Et puis, ici comme ailleurs, les mentali-
tés évoluent. Maintenant, tout le monde trouve naturel
qu'il vienne avec sa *companheira* du moment.

Lorène n'hésita que quelques secondes entre le désir
de lui tourner le dos et celui d'en apprendre davantage.

Elle s'assit en face de Johanna qu'elle regarda sans
insolence mais avec suffisamment d'aplomb pour que
l'autre comprenne qu'elle ne lui en imposait pas.

— Et chaque fois, charitablement, vous prévenez
cette jeune femme qu'elle n'a aucune chance de devenir
un jour votre belle-sœur.

Le sourire de Mme Waine s'effaça.

— Mais non... dit-elle en perdant brusquement
contenance. Je... je n'ai pas l'habitude de me mêler des
affaires de Vicente. Vous m'avez paru tellement différente des autres : fragile, vulnérable, que j'ai voulu
vous mettre en garde. Vicente collectionne les
conquêtes, recherchant peut-être à travers elle un
bonheur perdu voici plus de trois ans. Carlota était
tellement belle...

Lorène l'interrompit.

— Dois-je vous remercier pour votre sollicitude ?

Johanna sembla peinée. Ce n'était qu'une feinte.
Elle manquait de franchise.

— Ne soyez pas amère, dit-elle en évitant le regard
de Lorène. Je ne suis pas votre ennemie.

— Et moi, je ne suis pas la compagne de M. de
Ribeiro, affirma Lorène d'un ton net. C'est par hasard
que je me trouve à la *Quinta* le jour où il donne une
réception. En réalité, je représente un groupe indus-

triel dont il est devenu majoritaire. Je ne suis aux
Açores que pour conquérir un marché.

Johanna avala d'un trait son wisky. Perplexe, elle
hocha la tête.

— Soit. Je veux bien croire qu'entre vous deux
n'existent que des liens professionnels. Mais je suis une
femme et la façon dont vous regardez mon frère ne me
trompe pas. Vous l'aimez ou il vous fascine, ce qui
revient au même. Il est pour vous une espèce de
divinité que vous servez à votre manière. Si pour le
rejoindre, vous avez choisi la voie des affaires, alors
permettez-moi de vous mettre en garde. Ici, dans nos
îles, la réussite restant encore un privilège masculin,
vous n'avez aucune chance de l'émouvoir.

— En somme, d'après vous, je suis perdante.

Johanna ne comprit pas l'ironie du ton.

— Perdante... Enfin, vous allez rencontrer un certain nombre de difficultés. Personne ne vous prendra
au sérieux. Même s'il se dit votre allié, Vicente ne vous
soutiendra pas. En affaires, c'est un *conquistadore*. La
moitié de l'île lui appartient. Il est le créateur des seules
fabriques qui font vivre une partie de la population.
Pour vous éliminer, je le connais, toutes les armes lui
seront bonnes. Il usera des plus perfides pour atteindre
le but qu'il se sera fixé...

Lorène qui pensait à un autre but ne doutait pas des
paroles de Johanna.

— Carlota, je veux dire Mme de Ribeiro, n'a jamais
été la collaboratrice de son mari ?

Mme Waine afficha une expression d'étonnement
scandalisé.

— Carlota était une femme ravissante qui savait
laisser aux hommes leurs prérogatives. Elle se conten-
tait d'être une parfaite maîtresse de maison, de diriger
admirablement le domaine qu'elle avait remis en état
après des années d'abandon. La réception de ce soir

n'est rien en comparaison de celles que l'on donnait ici
autrefois.

— Je croyais que les Ribeiro habitaient le Brésil.

— Ils passaient à la *Quinta* une partie de l'été... En
outre, ajouta-t-elle après une légère hésitation, très
attachée à son père, le comte de Lamego, Carlota
venait souvent lui rendre visite.

— Le comte est décédé, lui aussi ?

— L'an dernier.

— Et Carlota, comment est-elle morte ?

— En mettant son premier enfant au monde, dit
Johanna le regard lointain. Une septicémie à laquelle ni
la mère ni le garçon n'ont survécu.

Elle reprit son verre qu'elle avait posé sur le tapis, à
ses pieds.

— J'ai soif, dit-elle. Vous venez ?

Et sans plus s'occuper de Lorène, elle se dirigea vers
les salons.

Sa révélation avait bouleversé la jeune fille. Un
moment, elle resta anéantie, incapable de quitter son
fauteuil.

Lorsqu'elle put de nouveau réfléchir, elle se dit que
la brusquerie de Mme Waine avait tout de même eu un
effet bénéfique. Lorène n'avait plus à espérer de
miracle. La réalité était plus cruelle encore que celle
qu'elle avait imaginée. Depuis la mort de Carlota et de
son fils, incapable d'amour, incapable de tendresse,
Vicente se vengeait sur toutes les femmes de l'épouvantable catastrophe qui avait anéanti son bonheur.

Pour ne pas devenir à son tour une victime, Lorène
se jura de toujours se rappeler les paroles de Johanna
Waine :

« ... Il usera de toutes les armes, même des plus
perfides, pour atteindre le but qu'il se sera fixé... »

Ces mots s'accordaient avec ceux prononcés par lui-même lorsqu'il avait parlé des atouts qu'il possédait dans son jeu.

Elle connaissait une partie de ses cartes maîtresses. Il savait admirablement utiliser son charme. Elle l'avait vu passer avec une facilité déconcertante de la dureté à la gentillesse. Une gentillesse aussi désarmante que fallacieuse. A elle de ne plus se laisser abuser.

Une nouvelle fois, elle eut envie de partir. Elle revint dans le hall que traversaient des serveurs apportant des plateaux aux quelques joueurs de bridge installés dans la bibliothèque. Ils ne lui accordèrent aucune attention.

Elle s'avança jusqu'au seuil des salons.

Les lustres répandaient là une lumière de fête sur une assistance un peu plus bruyante qu'auparavant. Une partie des invités encerclaient de nouveaux arrivants : un groupe folklorique d'une dizaine de personnes : des hommes habillés en bleu avec un curieux bonnet à pompon, des femmes en jupe à rayures colorées, un fichu brodé sur leur caraco blanc. Lorène savait qu'un concert et un bal allaient suivre. Mais pour l'heure, le groupe avait posé guitares et violons et se restaurait. Vicente veillait personnellement à ce que ses hôtes ne manquent de rien.

Une profonde détresse envahit la jeune fille, tandis qu'elle observait la haute silhouette se mouvant avec une remarquable aisance. Elle admirait et aimait cet homme fascinant. Plus elle le contemplait et plus elle prenait conscience que son désir de fuir était seulement une velléité.

Presque aussitôt, elle sut ce qu'elle voulait faire.

Depuis qu'elle avait appris le veuvage de Vicente, elle avait regardé attentivement autour d'elle dans l'espoir de découvrir un portrait, une photo, une trace tangible de celle qu'il avait aimée. Or, ni dans les pièces de réception, ni dans la galerie du premier étage, n'existaient de toile ou de croquis contemporains.

Dévorée de curiosité au sujet de Carlota, Lorène se disait qu'il avait dû pousser le culte du souvenir jusqu'à se réserver l'exclusivité de contempler les traits disparus. Et où cacher ce trésor, sinon dans le sanctuaire de sa chambre ?

Le voyant entièrement absorbé par ses devoirs de maître de maison, elle en conclut que c'était le moment rêvé pour une incursion dans la tour.

Vicente l'ayant renseignée sur la façon d'y pénétrer, elle courut jusqu'au premier étage. Au fond de la galerie, un grand panneau peint sur la boiserie représentait une allée de jardin en perspective fuyante. Elle poussa le panneau. Un étroit corridor de pierre la conduisit dans une pièce carrée, aussi sévère qu'une cellule de couvent. L'ampoule qu'elle avait allumée éclairait des murs nus, blanchis à la chaux, entre lesquels un lit de bois, une penderie, un bureau sans style et deux chaises composaient le mobilier.

Jusqu'alors, elle avait cru qu'une chambre reflétait la personnalité de son occupant. Si sa théorie était exacte, Vicente vivait comme un moine, ce qui, elle le savait, était faux. Alors pourquoi avait-il choisi de dormir dans la pièce la plus dépouillée de la *Quinta* ? La réponse lui sembla évidente : il régnait là un calme reposant. Les bruits de la maison et ceux de l'extérieur se brisaient contre l'épaisseur des murs.

Elle s'approcha du bureau, un meuble massif, nu, sans dossier ni photographie.

Presque malgré elle, elle ouvrit un tiroir. Aussitôt elle comprit. Vicente gardait là, à portée de la main, un de ces gros albums, reliés en cuir, où se conservent les photos de famille.

La tentation était trop forte. Elle n'y résista pas. Après un bref coup d'œil vers le corridor désert, elle sortit l'album, en tourna les feuillets, découvrit Carlota.

Elle s'était représenté celle-ci comme une sombre

beauté, à l'image des femmes qui, de l'avis des témoins, traversaient la vie de Vicente pour quelques jours ou seulement pour une nuit.

« ... Il les aime longues, minces et très brunes... » avait précisé la servante du *Château de la Reine*.

Longue et mince, Carlota l'était. Mais ses cheveux avaient la blondeur du miel. Ses yeux, la couleur de l'océan. Par certains côtés, elle ressemblait à Lorène : une fille toute lisse, fruitée, saine, rieuse.

Au fil des pages, la jeune fille regardait sa rivale faire tout ce que font les femmes pour qui la vie est une éternelle partie de plaisir. Elle descendait à ski une pente neigeuse, galopait sur un cheval, jouait au tennis, pilotait un canot automobile, dansait, buvait, riait...

Lorène comprenait qu'en choisissant ses brunes conquêtes, Vicente ne cherchait pas à retrouver à travers elle l'épouse disparue. Il fuyait des souvenirs qui le crucifiaient.

Entrée dans sa vie par hasard, Lorène représentait la caricature de celle qu'il avait aimée. Avec son mètre soixante, son inexpérience de la vie, mais aussi sa blondeur, ses yeux clairs et ses fossettes, elle était le pâle reflet de Carlota. Elle s'expliquait mieux maintenant sa dureté envers elle. Il s'apprêtait à lui faire payer trois grandes années de souffrance.

« Mon malheur, se disait-elle, c'est d'être à la fois semblable au type de femme qu'il a aimé et complètement différente de Carlota. Un malheur dont je ne me relèverai pas. »

Elle referma l'album, repoussa le tiroir. Les larmes l'aveuglaient. Elle se recula et s'assit sur le lit. La tête dans ses mains, les coudes sur les genoux, elle continua de se déchirer le cœur avec le souvenir des images qu'elle venait de contempler. Aimer sans espoir lui paraissait l'épreuve la plus cruelle qu'un humain puisse supporter.

Elle sursauta lorsqu'elle découvrit Vicente debout en face d'elle. Depuis combien de temps était-il là? L'avait-il surprise en train de remettre les photographies dans le tiroir. A cette pensée, elle devint cramoisie de honte.

D'une pression sur l'épaule, il l'empêcha de se relever.

— Vous m'avez mal compris, ironisa-t-il. Je vous avais demandé de me rejoindre dans ma chambre, mais pas de m'y précéder. Qu'êtes-vous venue faire ici?

Comme elle ne répondait rien, il accentua la pression de sa main et la bascula en arrière sur le lit. Elle ferma les yeux, sentit le poids d'un corps près du sien. Toutefois, encore sous le coup de la crainte d'avoir été surprise en pleine indélicatesse, elle ne réagit pas. Rien, pensait-elle, ne pouvait l'arracher à la marée de désespoir et d'humiliation qui l'engloutissait.

Rien non plus n'étant tenté pour l'en arracher, elle releva les paupières. Le visage de Vicente était au-dessus du sien. Les mains toujours sur ses épaules, les sourcils froncés, il l'observait avec une attention inquiète.

— Vous avez pleuré, remarqua-t-il. Pour quelle raison?

Elle riposta :

— En quoi cela vous regarde-t-il? Vous me savez assez imaginative pour vous répondre n'importe quoi. De toute façon, mes états d'âmes ne vous intéressent pas.

Un bref sourire fit pétiller les yeux noirs.

— L'état de votre âme étant devenu mon principal souci, votre réplique est maladroite.

Son visage était maintenant si proche de Lorène qu'elle respirait son souffle. De nouveau frémissante de sensualité retenue, elle aurait été incapable de lui résister. Même elle devait se faire violence pour ne pas franchir de son plein gré le court espace qui séparait sa bouche des lèvres aimées. Si elle parvenait à rester impassible, c'était uniquement parce qu'elle ne découvrait dans le lac insondable des prunelles qui la fixaient nul reflet de son propre désir.

Vicente insista.

— Johanna serait-elle à l'origine de votre chagrin ?

— Comment pourrait-elle l'être ? éluda-t-elle. Laissez-moi, je vous prie.

Il la délivra aussitôt et se mit debout. Campé en face d'elle, il la regardait, une expression indéfinissable sur son beau visage.

— Vous avez raison. L'heure n'est ni aux explications ni au libertinage. Et je vous trouve aussi ridicule qu'impudique de rester à demi allongée sur mon lit, alors que les musiciens nous attendent pour ouvrir le bal.

Un feu de colère aux joues, elle se releva vivement.

Sans lui laisser le temps de réagir, Vicente éclata soudain d'un grand rire. Puis il la prit dans ses bras et l'embrassa dans le cou.

— Bravo ! Lorène. Voilà comme je vous préfère : furieuse, avec un visage de femme outragée. Si nous n'étions pas aussi pressés par le temps, je me ferais une joie de vous mater sur l'heure. Je crois, délicieuse petite panthère, que vous prendriez autant de plaisir que moi à la lutte. Mais ne vous désolez pas. Ce n'est que partie remise.

Il lui saisit la main et l'entraîna à travers la galerie déserte. Ses yeux conservaient une inhabituelle gaieté.

A partir de cet instant, Lorène ne garda que des souvenirs fragmentaires des événements qui suivirent.

Parce que Vicente lui souriait et qu'elle croyait déceler une tendre complicité dans les yeux noirs, elle but les coupes de champagne tendues, avala un verre de gin qu'elle trouva détestable, savoura de nouveau du

champagne, beaucoup de champagne, pour chasser le
goût de l'alcool anglais.

Marionnette mue par d'invisibles ficelles, elle dansa,
dansa, dansa. Des pas qu'elle connaissait, mais aussi
d'autres qu'elle apprenait.

De plus en plus grisée, elle conserva tout de même le
souvenir d'une *chamarita* que les musiciens esquissè-
rent d'abord entre eux et qui se danse à petits pas très
rapides. Elle en assimila le rythme sûrement plus vite
que si elle avait été à jeun.

Vicente et elle la reprirent ensuite. Ils s'y essayèrent
rien que tous les deux, devant un parterre qui les
encourageait de ses battements de mains. La salve
d'applaudissements qui couronna leur essai acheva
d'étourdir Lorène.

Elle n'eut aucune conscience de la façon dont elle
parvint à regagner sa chambre, à se déshabiller et à
enfiler ses vêtements de nuit.

CHAPITRE VII

Le lendemain matin, elle se réveilla, la tête lourde mais le cœur léger.

Joyeuse, elle l'était tout autant que la veille. Le sommeil avait effacé sa fatigue et son ivresse sans réussir à dissiper une euphorie qui lui semblait proche du bonheur, mais dont elle ignorait la cause.

Un cachet d'aspirine chassa sa migraine.

Sur le plateau du petit déjeuner, apporté par Lucia, il y avait une rose et à côté de la théière, sous une enveloppe fermée, un billet propre à entretenir sa félicité.

« Je suis surpris des contradictions de votre attitude de cette nuit. Pour continuer le jeu, j'ai besoin que vous abattiez vos cartes. Soyez prête à dix heures précises. Nous irons déjeuner à Furnas. Une excursion qui vous permettra de comprendre la vanité des projets que vous avez exposés à Johanna. »

« Vicente. »

L'écriture était haute, anguleuse, décidée. Aucun mot de tendresse ne terminait l'envoi.

Un moment, Lorène se demanda à quelles contradictions Vicente faisait allusion. Elle ne conservait de la réception que des souvenirs fragmentaires, mais n'avait pas l'impression de s'être montrée fantasque.

Puis elle cessa de s'interroger. Il lui restait peu de temps pour être exacte au rendez-vous que lui fixait son hôte. La pensée de déjeuner dans l'île avec lui la comblait de joie.

Pour faire honneur à Vicente, elle choisit un ensemble élégant. Avant de quitter la France, elle avait étudié l'île de São Miguel. Furnas était une station thermale. Un tailleur blanc sur un chemisier en soie bleu vif lui sembla une tenue indiquée, de même que d'élégants escarpins en chevreau immaculé.

A dix heures, conduite par Francisco, la Buick se rangea devant le perron de la *Quinta*. Lorène avait appris par Lucia que, tôt le matin, la voiture avait transporté les invités américains et leurs femmes à l'aéroport. Sa chambre donnant au-dessus de la galerie aux *azulejos*, la jeune fille ne les avait pas entendus partir.

Elle avait espéré une promenade à deux, Vicente au volant. Mais après le cérémonial habituel aux chauffeurs stylés, Francisco prit la place du conducteur.

D'une élégance désinvolte, Vicente était vêtu de daim couleur tabac avec un foulard de soie marron dans l'encolure de sa chemise.

— Votre tailleur est ravissant, dit-il à Lorène. Mais de grâce, allez changer de chaussures. Des talons hauts ne sont pas de mise là où je vous emmène.

Cinq minutes plus tard, elle revenait, des sandales aux pieds. Elle prit place à côté de Vicente en ayant soin de poser son sac entre eux.

Le ciel était gris. Des nuages s'enroulaient comme des écharpes sales aux cimes des arbres.

Deux kilomètres plus loin, la pluie se mit à tomber. Les buissons d'hortensias, dont elle avait admiré, la veille, les tendres coloris, grisaillaient sous l'averse qui courbait leurs têtes.

Vicente assura que le mauvais temps ne durerait pas. Les nuées qui balayaient les îles presque quotidiennement fertilisaient le sol et, expliqua-t-il, disparaissaient aussi vite qu'elles surgissaient.

Il parlait d'un ton un peu guindé tout en désignant, à travers les vitres mouillées, les serres qui couvraient les pentes d'une colline. Il expliqua que celles-ci abritaient des cultures intensives d'ananas.

Francisco freina sec derrière un troupeau de chèvres et de vaches qui flânaient sans gardien au milieu de la route. Vicente décolla seulement les épaules du dossier. Etendant vivement un bras devant Lorène, il avait, en même temps, empêché la jeune fille d'aller donner du front contre les épaules du chauffeur.

Dans la brusquerie de l'arrêt, le sac était tombé. Vicente le ramassa, le jeta sur la plage arrière et en profita pour supprimer la distance que Lorène avait mise entre eux.

— Votre légèreté vous perdra, plaisanta-t-il.

Il avait parlé en français et lui conseilla d'adopter cette langue que son chauffeur ne comprenait pas.

— Est-ce une allusion à ma conduite un peu folle de cette nuit ?

— Avant de poursuivre cette intéressante discussion, faites-moi le plaisir de vous installer confortablement jusqu'au fond de la banquette.

Décontenancée, elle obéit, ne sachant que dire. Du coin de l'œil, elle examina le profil altier, indéchiffrable, se demandant s'il était devenu celui d'un ami ou s'il restait celui d'un adversaire.

Comme en réponse à sa muette question, il enveloppa soudain la main de Lorène dans la sienne. Ce contact propagea aussitôt en elle des ondes revigorantes. Mais elle se cuirassa contre l'émotion en se

disant que le geste n'avait pas été spontané. Il s'agissait
probablement d'une nouvelle ruse pour abolir sa résistance.

« Je connais les atouts dont il dispose, se dit-elle. S'il
s'apprête à les jouer, à moi de savoir y répondre. »

Elle lui retira sa main.

Il eut un bref froncement de sourcils.

Se souvenant du libellé du billet, elle demanda alors
en quoi son attitude, cette nuit, lui avait paru contradic-
toire.

Il répondit par une question.

— Etiez-vous vraiment ivre ?

— Si l'ivresse consiste en une délicieuse euphorie où
ce qui vous entoure se pare de couleurs de fête, alors,
oui, je l'étais.

Et très vite, brusquement inquiète :

— Pas au point de me tenir mal, j'espère.

Comme il restait silencieux, elle lui saisit le bras et le
supplia de répondre.

Il tourna vers elle ses yeux bruns. La lueur amusée
qui y brillait entretint l'appréhension de Lorène. Il
savoura celle-ci quelques instants avant de rassurer la
jeune fille.

— De l'avis de tous, vous avez été délicieuse.

— Est-ce également votre opinion ?

Elle avait parlé trop vite, oubliant sa promesse de
s'observer constamment pour ne pas lui laisser voir quel
prix elle attachait aux sentiments qu'il lui témoignait.

Il reporta son attention sur la route et, lentement,
répondit d'un ton neutre :

— Je n'ai pas d'opinion. Je m'interroge sur la
créature que j'ai déshabillée dans sa chambre vers trois
heures du matin, tenue ensuite à la merci de mon désir
et qui m'a désarmé par sa candeur. Etait-elle une
fieffée comédienne ou une linotte à qui quelques

coupes de champagne avaient conféré une sorte de génie ?

Dès les premiers mots, suffoquée de confusion, Lorène avait murmuré : « Oh ! non, ce n'est pas possible. »

Il mentait. Elle était sûre qu'il mentait.

Tandis qu'elle le laissait poursuivre sa phrase jusqu'au bout, elle avait ajouté à haute voix :

— Vous mentez, je ne garde aucun souvenir de la scène que vous décrivez.

Il tourna de nouveau la tête vers elle. Sourcils arqués, yeux moqueurs, il ajouta :

— Voulez-vous la preuve de ce que j'affirme ? Vous avez un grain de beauté sous le sein gauche. En outre, une cicatrice à la hauteur des vertèbres lombaires atteste que vous avez subi une intervention chirurgicale.

Elle porta une paume à sa bouche et appuya sa nuque sur le dossier. Elle se sentit pâlir. Puis elle se redressa, mue par la crainte d'avoir parlé à tort et à travers et de lui avoir avoué cet amour qu'elle s'efforçait de lui dissimuler.

Elle se heurta au regard impénétrable de Vicente. Elle cilla avec l'impression de tomber dans le vide sans rien pour s'accrocher.

Il hocha la tête, convaincu de sa sincérité.

— Bon, dit-il, c'est clair qu'il n'y avait aucune comédie dans votre attitude. Alors, vous aviez dû boire beaucoup. Une autre fois, méfiez-vous.

— Je vous jure que je ne me rappelle rien...

— N'essayez pas de vous souvenir, coupa-t-il. Cela n'a plus d'importance. Vous avez été la victime d'un excès, auquel votre organisme n'était pas préparé et qui vous a plongée dans une sorte de délire.

— Qu'ai-je dit ? Et d'abord, pourquoi m'aviez-vous accompagnée dans ma chambre ?

— Parce que vous ne teniez plus debout. Les derniers invités étaient repartis. Johanna, son mari et ses
amis montaient se coucher. Je vous ai alors offert de
prendre un dernier verre. Vous avez refusé, balbutiant
que vous tombiez de sommeil. A la porte de votre
chambre, vous vous êtes plus lourdement appuyée à
mon bras. J'ai vu dans ce geste le signe d'une capitula-
tion que je n'espérais pas aussi rapide. Quelques
minutes plus tard, je caressais un corps sans vie.

Les yeux verts s'élargirent d'effroi.

— Vous voulez dire…

— C'est une image, bien sûr. Vous n'aviez pas perdu
conscience. Plus frigide qu'un marbre, vous me regardiez avec des yeux d'enfant au bord des larmes,
murmurant des mots sans suite. De ces divagations
apparemment incohérentes, se dégageait tout de même
une sorte de logique. Vous ne pouviez pas m'aimer
parce qu'il existait entre nous un obstacle infranchissa-
ble. J'ai tenté de vous faire préciser la nature de cet
obstacle, mais ai obtenu seulement une expression si
poignante que je me suis demandé si, en insistant, je
n'agissais pas comme un abominable tortionnaire.
Lorsque vous m'avez supplié de n'être pour vous qu'un
grand frère, j'ai accepté. Je vous ai enfilé votre jolie
chemise de nuit de petite fille trop sage, puis je vous ai
bordée après avoir embrassé votre bouche aussi doucement que celle d'un poupon dans son berceau.

Un éclair fulgurant dans la brume de son inconscience, Lorène revit le visage près du sien et, dans un
vertige, se souvint du doux contact des lèvres de
Vicente sur les siennes. Un baiser de tendresse sans
aucun désir de possession.

« La voilà, pensa-t-elle, la raison de mon bonheur à
mon réveil. »

Elle ne put retenir un sourire qu'il cueillit au vol et
qui, naturellement, attisa sa rancune.

— Ne pavoisez pas, gronda-t-il. C'est clair : vous avez gagné la première manche. Mais dites-vous que je suis de ceux qui ne perdent jamais une finale.

Après un silence, il demanda :

— Cette cicatrice à la hauteur des lombaires m'intrigue. Quel genre d'intervention avez-vous subie ?

— Une greffe à la suite de l'accident de voiture qui a tué mes parents. Ce n'est plus qu'un mauvais souvenir.

— Vous avez dû beaucoup souffrir, remarqua-t-il, songeur.

Parce qu'elle détestait que l'on s'apitoie sur son douloureux passé, elle revint à ses préoccupations.

Joignant les mains dans un geste suppliant, elle murmura :

— Vicente, je vous en prie, ne pouvez-vous oublier le jeu cruel que vous avez inventé dans le seul dessein de me punir ? Ne le trouvez-vous pas disproportionné à la faute que j'ai commise ? Après tout, j'ai été seulement coupable d'un mensonge qui ne vous a atteint ni dans votre dignité, ni dans votre réputation. Au contraire.

— Prétendez-vous que cette nuit, vous étiez sincère ?

— Je l'étais sûrement.

— Alors quelle raison vous empêchait de répondre à mon désir ? Mes baisers vous ont déjà troublée. Pourquoi, cette nuit, vous laissaient-ils aussi froide qu'une statue ?

— Comment pourrais-je vous répondre ? Je me trouvais dans une sorte d'état second. Peut-être avais-je l'intuition de n'être qu'un objet entre vos mains ?

— Vous aimez quelqu'un, lança-t-il d'un ton accusateur. Avouez-le, ce sera plus franc.

A cet instant, Lorène envia l'expérience amoureuse de Gina. Après un soupir, elle riposta d'un ton de bravade :

— Je voudrais avoir dix ans de plus, un regard de femme fatale et l'habitude de faire souffrir les gens de votre espèce, sans me trouver pour autant sous l'influence de l'alcool. Je prendrais alors un air mystérieux pour vous répondre que je suis libre d'aimer qui me plaît. Est-ce que je vous questionne, moi, sur les femmes qui vous accompagnent chaque fois que vous séjournez à la *Quinta* ?

Il émit un sifflement amusé.

— Je vois que ma chère sœur s'est chargée de votre éducation. Que vous a-t-elle encore raconté ?

Elle biaisa.

— Elle m'a appris à mieux vous connaître.

— Oui ? Eh bien ! ne vous fiez ni aux apparences, ni aux insinuations fielleuses de Johanna.

Et sans transition, lui désignant un large pan de ciel bleu entre les nuages, il dit joyeusement :

— N'avais-je pas raison ? La journée va être splendide.

La pluie avait cessé. Entre deux platanes qui égouttaient leur feuillage, on apercevait la mer qui scintillait au-delà d'un damier de prairies bordées de fleurs.

Furnas étant à l'est de l'île, pour l'atteindre, expliqua Vicente, il avait décidé d'emprunter le chemin des écoliers en effectuant une boucle vers le nord. Ainsi Lorène aurait-elle une idée du relief tourmenté de São Miguel, où les volcans sont apparemment éteints, mais sous lesquels le feu couve en permanence.

Il se pencha en avant et ordonna à Francisco :

— Dans Ribeira Grande, vous prendrez la route du Pico da Barrosa. Je veux jeter un coup d'œil sur mes plantations.

Ils traversèrent des villages enfouis sous une profusion de fleurs. Rhododendrons géants et lauriers-roses brillaient sous le soleil revenu. Leurs pétales embellissaient les humbles maisons chaulées, coiffées de tuiles brunes et toutes flanquées à leur pignon d'une énorme cheminée prise dans la maçonnerie.

Comme Lorène s'étonnait que dans un pays sans hiver la cheminée prît une telle importance, Vicente expliqua avec fierté que dans l'île, les familles cuisaient encore leur pain.

Les rues étaient propres mais désertes. Quelques femmes vaquaient à leurs occupations. Enveloppées de noir, elles portaient sur la tête une jarre d'eau ou un panier de linge.

Si Ponta Delgada, la capitale, aligne des façades classiques, Ribeira Grande, la seconde ville de São Miguel et aussi la plus ancienne, offre un fouillis de maisons aux couleurs de dragées. D'une route de campagne ourlée d'hortensias, on entre sans banlieue dans les rues du bourg.

C'était un jour de procession ; aussi la ville était-elle particulièrement animée. On plantait des mâts que des jeunes gens reliaient les uns aux autres par des guirlandes de papier multicolores. Des femmes recouvraient les trottoirs de tapis de fleurs aux dessins géométriques. Des charrettes attelées d'une chèvre leur apportaient la matière première que les hommes allaient cueillir aux bordures des champs.

— Les fêtes patronales attirent toujours beaucoup de monde, remarqua Vicente.

— Et des touristes ?

— Grands Dieux ! non. Jusqu'alors, nous avons pu préserver nos îles de ce fléau.

— Il serait pourtant une source de revenus.

— Et détruirait une harmonie immuable depuis des siècles. Songez à ce que les promoteurs ont fait de votre Côte d'Azur. Pour loger ces hordes, il faudrait construire des hôtels, des résidences. A São Miguel, comme à Pico, à Faïal, à Horta ou à Florès, vous trouverez de magnifiques jardins, des fleurs, des demeures anciennes, mais pas de béton ni de terrain de camping. Même à Terceira où, touchés par tant de beauté, les Américains ont enfoui sous terre les réservoirs de leur base d'aviation, il n'existe pas de building...

Tandis qu'il parlait avec ferveur de ses îles, Lorène le regardait et ne pouvait s'empêcher d'évoquer une toile du XVIe siècle, accrochée dans un des salons de la *Quinta*. Il s'agissait d'un chevalier peint par un élève de Bellini. Vicente aurait pu être ce chevalier. Il en avait les traits aristocratiques, la personnalité fulgurante, l'autorité et, elle le craignait, la mentalité. Oui, pensait-elle, ce conquistadore du XXe siècle retrouvait, quand il revenait dans son pays natal, l'état d'esprit d'un seigneur de la Renaissance.

La voiture qui avait quitté la ville s'engageait dans une route de montagne aux virages serrés.

— Un simple détour, expliqua Vicente. Regardez ces collines. Jadis, un volcan s'est réveillé. Vous en apercevez au loin la cime. Des laves, des cendres ont fusé, puis se sont répandues en molles ondulations que quatre siècles d'humus, de pluie et de travail humain ont transformées en terres d'une incroyable fertilité.

Il avait passé un bras autour des épaules de sa voisine et désignait des prés bosselés par une multitude de courts arbustes, taillés en boules, alignés au cordeau. De très jeunes filles en robe claire, une écharpe sur la tête pour se protéger du soleil, en coupaient les feuilles.

— Du thé. Le plus parfumé du monde, dit Vicente avec orgueil. Vous en avez bu hier. Ces adolescentes montent de la vallée pour le cueillir.

Il laissa son bras sur les épaules de Lorène. Elle s'efforçait de maîtriser une joie qui ne demandait qu'à s'épanouir. Pour lutter contre son émoi, elle disposait d'un moyen efficace : une certaine révolte qu'elle aiguillonnait à volonté contre le conservatisme de son chevalier.

Montrant les jeunes travailleuses penchées sur les boules feuillues, elle objecta :

— Que pourraient-elles faire d'autre ? Il n'y a pas de faculté aux Açores.

Le bras devint un joug qui pesa lourd sur sa nuque.

— Parce que vous croyez que le bonheur est obligatoirement lié à l'instruction supérieure ? riposta-t-il d'une voix qui avait retrouvé son mordant. Quelle sottise ! Ces filles sont heureuses. Elles respirent un air pur dans un cadre d'une grandiose beauté. Ailleurs, dans l'île, en ce moment, d'autres récoltent les fruits, cultivent des fleurs pour l'exportation, ou ont seulement à cœur de bien tenir leur maison.

— Elles cuisent aussi le pain, riposta Lorène, vont puiser l'eau à la fontaine, portent leur charge sur la tête. Une vie biblique idéale seulement pour ceux qui n'y participent pas.

Et parce qu'elle pensait à Mario, elle ajouta plus sèchement qu'elle ne le voulait :

— En outre, que savez-vous du drame qui déchire leur existence ? Elles ont peut-être un père ou un fiancé qui s'est expatrié pour aider sa famille.

Après l'avoir lâchée avec une brusquerie exaspérée, Vicente la toisa, condescendant.

— Vous vous imaginez qu'il suffirait de créer des industries pour retenir ceux qui ont envie de voir du pays ? C'est méconnaître les goûts d'aventure et de liberté propres à mes compatriotes.

— Des compatriotes qui n'ont pas reçu, comme vous, à leur naissance, la bénédiction des bonnes fées.

Elle vit se crisper les mâchoires de Vicente.

« Personne n'a jamais dû lui dire ses vérités », pensa Lorène qui n'était pas mécontente de l'avoir fait.

Une question de Francisco écarta provisoirement
l'orage.

— Dois-je continuer, *Senhōr*? La route ne mène
qu'au Lago do Fago. Nous serons obligés de revenir.

— Continuez, ordonna Vicente.

Il s'enferma ensuite dans un silence dédaigneux.

Avec l'altitude, les cultures avaient laissé la place aux
forêts de résineux. En haut, ce n'était plus qu'un
hérissement de roches déchiquetées.

Un peu avant le sommet du Pico da Barrosa, Vicente
fit arrêter la voiture. Après avoir conseillé à son
chauffeur d'aller faire demi-tour sur la plate-forme
terminale, il entraîna Lorène à pied vers une brèche
dans les éboulis de lave.

Brusquement, elle découvrit à ses pieds un immense
cratère, dont les parois rougeâtres plongeaient à pic,
cinquante mètres plus bas, dans un lac couleur de
plomb. Ni arbre ni verdure n'entouraient le gouffre.
Aucune ride n'agitait l'eau. Le site était d'une sauvage-
rie effrayante.

Vicente attrapa Lorène par la taille et l'obligea à se
pencher au-dessus de l'abîme. Elle poussa un cri de
terreur et se rejeta instinctivement contre lui.

Il éclata d'un rire, dont l'écho, dans cette solitude,
avait quelque chose de démoniaque.

— Vous avez peur, railla-t-il, peur que je vous
expédie au fond du lac. On l'appelle le lac du Feu à
cause du tuf écarlate qui borde ses rives. Impressionnant, n'est-ce pas? Une petite poussée et la planète
compterait une contestataire de moins.

Il la serrait si fort que ses bras la meurtrissaient. A
quelques centimètres de l'abîme, le moindre faux
mouvement les eût précipités ensemble dans l'éternité.

— Je m'accrocherais à vous, dit-elle, la bouche dans
son cou. Ainsi, je vous entraînerais avec moi dans ma
chute.

— C'est bien possible, admit-il. Je vous crois capable de mener un homme à sa perte.

Il fit un pas en arrière, écarta légèrement la tête pour mieux la dévisager.

Elle soutint son regard où brillaient des petits points dorés comme dans celui d'un fauve hypnotisant sa proie. Pressée contre lui, Lorène n'était plus qu'un fêtu de paille que le désir enflammait. Elle avait beau savoir que pour Vicente, ce n'était qu'un jeu, elle sentait sa volonté mollir comme neige au soleil.

« Je dois lui résister, se répétait-elle. Il faut que je lui résiste… »

Puis elle cessa ses silencieuses recommandations, car les lèvres de Vicente se posaient sur les siennes. A la fois affamé et savant, le baiser envoya dans ses veines un feu qui anéantit sa raison.

Un ultime réflexe de fierté la cabra. Ecartant son visage de celui de Vicente, elle chercha en vain sur les traits ardents autre chose que du désir. Elle vit le pli impitoyable de la bouche, les petites rides moqueuses au coin des yeux, mais aucune trace de cette tendresse à laquelle elle aspirait de tout son être..

Elle eut alors le courage de s'arracher à son étreinte.

— Francisco va revenir. Que penserait-il s'il nous trouvait dans les bras l'un de l'autre ?

Son regard brun pétilla.

— Seriez-vous soucieuse de l'opinion d'autrui ? demanda-t-il, tandis qu'un rapide sourire faisait étinceler ses dents. Alors, dans ce cas, épousez-moi. Cela coupera court aux hypothèses déplaisantes qui ont pu être émises à votre égard et dont Johanna s'est sûrement fait l'écho.

— Quoi ?

— Vous avez très bien entendu. Je vous offre d'être ma femme.

L'œil rond, la bouche ouverte, elle le regardait en se

demandant si elle était devenue folle ou si c'était lui qui
avait perdu l'esprit.

Prête tout de même à croire au miracle, elle espéra
un bref instant que ce cœur insensible avait été brusquement touché par la grâce.

Retrouvant enfin l'usage de la parole, elle s'enquit :

— L'offre fait-elle partie de votre jeu ?

— C'est un fameux atout, non ?

Ils se défièrent. Lorène se sentait comme enveloppée
d'une brume froide.

— Merci de votre franchise, Vicente. Mais je ne
capitule pas aussi facilement. Du reste je ne crois pas
que le mariage arrangerait quoi que ce soit entre nous.

— Il vous apporterait, entre autres, cette bénédiction des bonnes fées dont vous avez été frustrée à votre
naissance.

Frémissante d'espoir, elle demanda :

— Qu'entendez-vous par « entre autres » ?

Il eut un geste vague.

— La situation sociale, l'indépendance financière,
un avenir assuré.

Ni l'affection ni l'amour n'étaient dans la corbeille.
Elle baissa la tête pour qu'il ne devine rien de sa
désillusion. Poussant du pied des cailloux dans le
gouffre, elle remarqua d'un ton faussement négligent :

— Vous avez de l'indépendance des femmes une
notion périmée. Même si j'acceptais le marché que
vous me proposez, j'essaierais d'exister par moi-même
et non pas à travers votre fortune.

— Incorruptible et têtue, gronda-t-il. Vous n'êtes
pas drôle.

— Je n'ai jamais eu la prétention de l'être.

La voiture revenait. Ils s'y installèrent. Vicente
regarda l'heure.

— Sans arrêt jusqu'à Furnas, ordonna-t-il brième-
ment à Francisco.

**

Toujours des cascades d'hortensias le long des routes. Leurs grosses têtes bleues ou roses moutonnaient à perte de vue. Quand elles s'écartaient, on apercevait la côte nord : des falaises découpées qui tombaient à pic dans une mer aux reflets de soie.

A cause des vaches et des chèvres d'humeur folâtre, des carrioles indolentes qui tenaient le milieu de la chaussée, ils mirent plus d'une heure pour parcourir la cinquantaine de kilomètres qui les séparaient de Furnas.

Vicente restait silencieux, n'émergeant de son mutisme que pour attirer l'attention de Lorène sur un point de vue particulièrement enchanteur.

Elle aurait dû continuer de se sentir heureuse, se dire que ces événements étaient inattendus et constitueraient plus tard de merveilleux souvenirs. Or, sa douce béatitude du petit matin s'étant dissipée, elle éprouvait une tristesse qui s'amplifiait à mesure qu'ils s'enfonçaient au cœur de l'île.

Etait-ce parce que Vicente ne reparlait plus de l'extravagante proposition qu'il lui avait soumise ?

Elle n'y avait vraiment cru que pendant quelques secondes et certainement pas au point de se sentir démoralisée par son refus. Alors, se demandait-elle, d'où venait cette tenace mélancolie ? Probablement du paysage, car celui-ci avait maintenant quelque chose de dantesque.

Elle avait imaginé Furnas comme une paisible ville d'eaux, à la manière de Vittel ou de Vichy, avec des maisons 1900, de grands hôtels, des sources coulant jusqu'au gobelet des curistes.

La vallée de Furnas évoquerait plutôt le monde au moment de sa création. Les eaux jaillissent de toutes

parts, fumant, mugissant avec fracas. Leurs épaisses
vapeurs ont des odeurs de soufre. Au fond de chau-
dières naturelles, clapote un liquide trouble, dont la
surface se convulse parfois en de furieux bouillonne-
ments.

Ils avançaient maintenant à pied le long de ces
solfatares. Vicente avait conseillé à Lorène de ne pas
s'écarter du sentier. Elle sentait la chaleur à travers ses
semelles. A quelques mètres de là, enfoncer la main
dans la terre, lui avait dit Vicente, c'était se brûler les
doigts.

L'excellent déjeuner, auquel il convia ensuite Lorène
dans l'unique hôtel de la station, n'effaça pas cette
première impression qui avait laissé en elle des traces
d'épouvante.

L'établissement offrait le luxe d'un palace. Son
restaurant devait avoir une grande réputation, car la
saison d'été n'était pas commencée et pourtant, toutes
les tables étaient occupées.

La *caldeirada*, une bouillabaisse, était savoureuse.
Excellent, le *vinho de cheiro*, fruité à point qui l'accompagnait. Une armée de garçons en veste blanche, sou-
cieux de satisfaire le *señor* de Ribeiro qu'ils semblaient
bien connaître, s'empressait autour d'eux. En dépit de
toutes ces attentions et des regards respectueux qui
effleuraient le couple, Lorène restait mal à l'aise. Elle
cherchait les raisons qui avaient poussé Vicente à lui
faire découvrir le côté presque terrifiant de son paradis.

Un parc entourait l'hôtel. Il n'était qu'une enclave
dans la flore exubérante qui feutre cette vallée bien
abritée.

Après le repas, Vicente y entraîna Lorène.

Le jardin de la *Quinta* l'avait émerveillée. Par sa
luxuriance, celui-ci la stupéfia. Toutes les essences
tropicales s'y bousculaient dans un foisonnement
savamment ordonné. Les orchidées s'accrochaient aux

agaves, montaient jusqu'aux palmes des dattiers. Les allées s'enfonçaient sous le voile écarlate des bougain-villées. Partout, les cannas dressaient leurs hampes fastueuses. Déjà défleuris, les frangipaniers offraient encore en bout de branche des bouquets orange à l'entêtant parfum. L'eau d'un bassin disparaissait sous d'énormes nénuphars jaunes au cœur blanc.

— Merveilleux, n'est-ce pas ? dit Vicente en entou-rant d'un bras amical les épaules de la jeune fille. Qu'en pensez-vous ?

Préférant la franchise à la flatterie, Lorène avoua que l'exubérance de la végétation avait quelque chose d'inquiétant.

— ... J'ai l'impression que ces fleurs monstrueuses vont se refermer sur moi et me digérer avec la facilité d'une plante carnivore avalant une mouche.

Il la regarda d'un œil amusé.

— Je m'attendais à un autre commentaire.

— Lequel ?

— Comme vous semblez possédée du démon des affaires, la vue de tant de richesses, en partie inexploi-tées, aurait pu vous inciter à déplorer qu'elles ne soient pas toutes commercialisées. Je vous signale que la majorité des terres alentour m'appartiennent. J'ai envie de vous les offrir. Racontez-moi ce que vous en feriez.

— Est-ce toujours le même jeu ?

— Plutôt un test, mais ma proposition est sincère. Je pense toujours ce que je dis. Mais, sachez-le, je ne renouvelle jamais une offre qui a été rejetée.

Le cœur de Lorène bondit. Ainsi, tout à l'heure, près du Lago do Fogo, il espérait qu'elle allait lui répondre par l'affirmative ? Voulait-il vraiment qu'elle devienne sa femme ?

Très vite, elle étouffa ses regrets en songeant que c'était seulement un marché, dont l'un et l'autre auraient été rapidement les dupes. Sauf si d'importants intérêts l'exigent, on ne se marie pas sans amour. Elle aimait Vicente autant qu'elle l'admirait, mais ce n'étaient, elle le savait, que des élans à sens unique. Il n'avait pas besoin de sa passion et celle-ci finirait par l'agacer...

— Alors, insistait-il avec impatience. Si je vous donne une partie de cet éden, qu'en adviendra-t-il ?

Elle ne réfléchit pas longtemps. Sa réponse était prête.

— Je pense effectivement que ces terres magnifiques pourraient devenir une mine d'or pour l'industrie touristique. En outre, bien employées, les eaux guériraient de nombreux malades. On pourrait construire un complexe avec cliniques, hôtels et clubs de loisir. Mais rassurez-vous, Vicente, je ne veux pas de votre paradis. Il a des odeurs d'enfer et n'est pas à mon échelle.

— Que voulez-vous dire ?

— C'est superbe, impressionnant, mais je me sens écrasée.

— Vous préférez la *Quinta* ?

— Non. Je ne m'y sens pas à l'aise. Je vais vous avouer quelque chose. Extrêmement sensible à l'atmosphère des maisons, je reste sur l'impression que j'éprouve en y entrant pour la première fois. Certaines demeures me semblent vivantes, peut-être parce qu'elles gardent entre leurs murs un peu de la personnalité de ceux qui les ont habitées. La *Quinta* m'a glacée. En revanche, j'ai tout de suite aimé l'ancienne chapelle. En y pénétrant, j'ai eu l'impression d'y être accueillie par un ami.

Elle ajouta en riant :

— J'ai rapidement déchanté. Ce qui prouve que je devrais me méfier de mes intuitions. C'est la seconde fois qu'elles me trompent.

— La seconde, dites-vous ?

— Oui. La première, c'était au *Château de la Reine*.

Elle ferma les yeux pour mieux se concentrer sur ses souvenirs.

Le couple s'était arrêté au milieu d'une roseraie. De délicates senteurs poivrées, le gazouillis des oiseaux, l'environnaient.

— Que j'ai aimé cette demeure ! poursuivit-elle avec feu. En la voyant, j'ai eu le coup de foudre et m'y suis sentie comme chez moi. Pourtant, là non plus, l'accueil n'avait guère été chaleureux. Mais il émanait un charme certain des vieux murs. Quant au jardin...

Elle releva les paupières. Le visage frémissant, Vicente l'observait avec attention. Une lueur presque tendre animait son beau regard.

— Qu'avait-il d'extraordinaire, son jardin ? bougonna-t-il. Aucune comparaison avec ceux de São Miguel.

— Non, bien sûr, admit-elle rêveusement. C'est un parc d'Ile-de-France, un pays où tout n'est qu'harmonie. Les fleurs, les plantes n'y atteignent pas, comme ici, des dimensions gigantesques, mais elles sont à ma mesure. Je suis de petite taille, moi aussi et peut-être que mes aspirations ne dépassent pas mon mètre soixante.

— Vous possédez l'art d'écarter les explications embarrassantes. Dites-moi pourquoi vous conservez un souvenir aussi ému de ce relais ?

Abaissant de nouveau les paupières, elle répondit silencieusement dans le secret de son cœur :

« Pourquoi ? Mais parce que je vous y ai rencontré, et depuis l'instant où vous êtes passé à côté de moi en m'ignorant, j'ai su inconsciemment que par vous, je souffrirais mille morts. Mais j'ai su aussi que mes seules joies me viendraient seulement de vous. »

Elle le devinait suspendu à ses lèvres, attendant qu'elle lui offre une vérité qu'il soupçonnait et dont il se

servirait ensuite pour triompher de sa résistance.
Lorène refusa de lui donnèr cette satisfaction.

— Vous allez me trouver bien stupide, murmura-
t-elle, mais c'était la première fois que je franchissais le
seuil d'un hôtel de luxe. Cet événement revêtait
quelque importance, non ?

Il lui pinça le menton, lui releva le visage avec une
brusquerie qui arracha à la jeune fille un gémissement
de douleur. Les yeux noirs étaient redevenus deux
éclats de jais.

— Je ne sais toujours pas si vous êtes une enfant ou
une comédienne accomplie, conclut-il avec colère.

Il la lâcha, regarda sa montre, puis attrapant le coude
de sa compagne d'une main impatiente, il entraîna
Lorène au pas de charge vers la sortie.

— J'oubliais l'heure, dit-il. Je dois prendre l'avion et
j'ai tout juste le temps d'atteindre l'aéroport.

Incrédule, elle haussa les épaules.

— Il n'y a aucun décollage avant demain, protesta-
t-elle.

Elle le savait. Elle avait consulté l'horaire les deux
fois que l'envie l'avait prise de s'échapper de la *Quinta*.

— J'ai mon « jet » personnel, rétorqua-t-il.

La voiture attendait devant la grille. Francisco retira
sa casquette et ouvrit la portière arrière.

— A l'aéroport, dit Vicente.

Lorène avait l'impression d'avoir reçu un coup sur la
tête. Vicente restait silencieux. Lorsqu'elle réussit à
coordonner ses idées, il lui fallut beaucoup de courage
pour ne rien laisser voir de la détresse qui l'envahissait.
Elle aurait dû être soulagée. Or, elle n'éprouvait
qu'une impression de défaite.

— Ainsi, vous partez, remarqua-t-elle d'une voix
qu'elle essayait d'affermir.

Il se tourna vers elle et lui lança un regard inquisi-
teur.

— Je m'éloigne provisoirement, rectifia-t-il. J'ai, sur le continent, un rendez-vous que je ne peux différer. N'étant pas de ceux qui se retirent avant la fin du match, je reviendrai demain après-midi. Si un empêchement surgissait je vous téléphonerais.

Elle pensa à son propre rendez-vous avec Mario.

— Dois-je toujours me considérer comme votre prisonnière ?

Avec une volte-face qui la déconcerta, il afficha soudain une expression chaleureusement amicale.

— Vous ferez ce qu'il vous plaira, Lorène. En dépit de l'opinion que vous avez de moi, je ne suis pas un tyran.

Il se pencha en avant, donna un ordre au chauffeur. Celui-ci étendit le bras vers la boîte à gants, l'ouvrit, en sortit une pochette de cuir et la passa à son maître par-dessus son épaule.

Vicente fit jouer la fermeture éclair de cette petite trousse qui n'était autre qu'un porte-clefs.

— Je vous le confie, déclara-t-il en posant l'objet sur les genoux de la jeune fille. Avec son contenu, vous pourrez ouvrir le porche, vous passer de Francisco, emprunter cette voiture et même, si cela vous chante, effectuer une promenade en bateau. Mon cruiser s'appelle « O Pombo ». Il est amarré à la cale dix-huit du port de plaisance de Ponta Delgada.

Elle ouvrit la bouche pour objecter que tout ce qu'elle savait conduire, c'était une petite Morris. Elle ignorait ce qu'était un cruiser. Si elle en avait vu, ce ne pouvait être qu'au cinéma ou sur les photographies de l'album qu'il gardait précieusement dans un tiroir de sa chambre.

Mais elle préféra ne rien dire. Elle prit l'étui et le rangea dans son sac.

CHAPITRE VIII

Mario l'attendait au pied de l'arc à trois baies, sur la place centrale de Ponta Delgada. Il avait du mérite, car ayant choisi l'autobus comme moyen de transport, Lorène arriva au rendez-vous avec plus d'une heure de retard.

Ils se retrouvèrent comme s'ils étaient de vieux amis. Elle était si contente de le revoir qu'elle l'embrassa sur les deux joues, à la grande confusion du garçon.

Une partie de la nuit, elle s'était torturé l'esprit en se demandant si la fascination que Vicente exerçait sur elle n'avait pas une cause moins noble que celle qu'elle lui attribuait.

Depuis un certain soir, non seulement elle se croyait éperdument amoureuse, mais tacitement, elle avait accepté d'être perdante au petit jeu du chat et de la souris qu'il lui imposait. Jusqu'au moment où elle l'avait vu courir vers son avion, elle avait eu l'impression que son cœur battait seulement pour lui et que sa vie s'arrêterait à l'instant où il la rejetterait de la sienne.

Or, hier, elle avait passé une soirée paisible à la *Quinta*. La pensée que le lendemain elle reverrait Mario, ses yeux bleus et son sourire tranquille, avait suffi à dissiper sa tristesse. Elle s'était senti une âme de collégienne à la veille de grandes vacances.

Loyalement, elle avait essayé de voir clair dans son cœur.

Ce qu'elle prenait pour de l'amour n'était peut-être qu'un éblouissement passager devant le premier homme à la traiter autrement que comme une adolescente, le premier homme aussi à avoir su éveiller ses sens.

Le soir où elle avait tant souhaité exister enfin dans son regard, aurait-elle éprouvé le même désir si, au lieu d'être un éminent homme d'affaires, Vicente n'avait été qu'un des serveurs de l'établissement ?

Subjuguée par son prestige, ne s'était-elle pas trompée sur les sentiments qui l'agitaient ?

Si vraiment Vicente était devenu son univers, alors, le soir du bal, dans l'inconscience de son ivresse, où Lorène avait-elle puisé assez de courage pour lui résister ?

Avait-elle pensé brusquement à Mario ?

Elle se souvenait qu'un léger incident avait eu lieu au moment où elle prenait congé des invités de Vicente. Un accroc dans sa félicité qui avait échappé au maître de maison, puisque celui-ci n'en avait pas reparlé. Etait-ce une réflexion ? Un geste ? Lorène ne pouvait le préciser.

Lasse de retourner toutes ces questions dans sa tête, elle s'était dit que son rendez-vous du lendemain leur apporterait peut-être une réponse.

La réponse n'était pas évidente.

La joie de Lorène était celle d'une jeune fille qui s'apprête à passer une journée de détente avec un camarade.

Mario s'était habillé d'un jean et d'un polo bleu. Lorène avait eu la même idée. En se regardant, ils éclatèrent de rire.

— J'ai emprunté la moto d'un camarade, lui dit

Mario. Vous n'aurez pas peur de vous installer derrière moi ?

— Je vous le dirai quand j'y serai. Ce sera la première fois que j'enfourcherai une moto.

Il se lança dans la description technique de l'engin qu'il avait calé contre le trottoir. Elle l'écoutait d'une oreille distraite. Autour d'elle, trop de choses captaient son attention. D'abord les perspectives de la place qui déroule jusqu'au bord du quai une mosaïque de petits pavés noirs et blancs. Ensuite, la sobre et belle architecture des bâtiments à arcades de lave qui, entourant cette vaste esplanade, se prolongent à droite et à gauche en une ligne continue sur le front de mer. Lorène admirait aussi la façade en gothique manuélin de la cathédrale, dont l'unique tour se dresse comme un campanile.

Mario comprit qu'il parlait dans le vide.

— Voulez-vous que nous regardions les magasins ? proposa-t-il avec une gentillesse non dénuée d'appréhension.

Elle le rassura. La ville ne l'intéressait que par ce qui la distinguait des autres cités. Qu'y avait-il derrière ces nobles façades ? Des musées ? Des couvents ?

Mario parut déçu.

— Les musées, les églises, si vous voulez les visiter, moi, j'accepte. Mais j'avais espéré que l'on aurait profité du soleil pour se promener.

Il caressait le guidon nickelé de la machine comme un cavalier l'encolure de son cheval.

Lorène ne voulait pas le priver de son plaisir. Toutefois, elle objecta que, la veille, elle avait déjà découvert une partie de l'île.

— Je suis allée à Furnas et au Lago do Fogo.

— Vous n'avez vu qu'un aspect de São Miguel, dit-il. Moi, je vais vous montrer son sourire. Installez-vous...

Calez bien vos pieds et accrochez vos bras autour de ma taille... Voilà. N'ayez pas peur de me serrer.

Ils partirent dans une pétarade d'artillerie. Le corps de Lorène épousait étroitement le dos de son compagnon sans qu'elle en fût troublée.

D'abord crispée, elle s'abandonna peu à peu au plaisir de la course. Mario conduisait vite, mais ses réflexes étaient sûrs.

Elle hurla à son oreille qu'elle n'avait pas peur. Où allaient-ils ?

Elle n'entendit pas la réponse. Ils roulaient vers l'ouest. Avec ses hauts talus d'hortensias, la route ne se différenciait guère de celles suivies par Lorène, la veille, en compagnie de Vicente. La moto se faufilait adroitement entre les rares voitures et les chariots qui circulaient.

Les villages se ressemblaient tous avec leurs maisons chaulées ou peintes de couleurs claires. De grands eucalyptus envoyaient au visage des voyageurs des senteurs mentholées.

Quelques kilomètres plus loin, ils respirèrent dans un sous-bois des odeurs d'humus que pimentait la vanille des genêts en fleurs. Ils plongeaient dans des bains d'air et de parfums. Si ce n'était le vacarme assourdissant du moteur qui les empêchait d'entendre les oiseaux, Lorène aurait trouvé agréable ce mode de transport. Elle se mit à chanter à tue-tête.

Les virages devinrent plus serrés, les pentes, plus raides. Mario arrêta enfin sa monture sur un terre-plein, la cala sur la béquille.

Lorène descendit, assourdie, un peu chancelante. Autour d'eux : un aimable paysage de montagnes boisées. Mario escalada un petit promontoire et lui fit signe de le rejoindre.

Lorène poussa une exclamation d'émerveillement. A leurs pieds, s'arrondissait un immense cirque aux pentes couvertes de bois, de pâturages et de fleurs ; il entourait une pièce d'eau que partageait en son milieu une étroite digue.

La moitié du lac était vert jade. L'autre, d'un bleu profond de saphir.

— Le lac des *Sept Cités,* annonça Mario.

— Pourquoi est-il bicolore ?

— Les savants expliquent que c'est un effet de lumière. Ils disent aussi que le cratère s'est rempli au quinzième siècle, à la suite d'un tremblement de terre ayant englouti le sommet de la montagne. Ils ont sûrement raison. Mais je préfère l'histoire que l'on raconte ici.

— Laquelle, Mario ?

— Jadis, une princesse aux yeux bleus aimait un berger aux prunelles aussi vertes que l'émeraude. Le roi ayant refusé à sa fille le droit d'être heureuse, les deux amoureux ont pleuré toute leur vie, chacun sur sa rive. Ce sont leurs larmes qui ont formé ces deux lacs...

Puis soudain songeur :

— Pour la première fois, je trouve que cette histoire est drôle.

— Elle est affreusement triste, protesta Lorène.

— C'est une éternelle histoire, dit-il en lui souriant. Vos yeux sont verts, Lorène. Les miens sont bleus.

— Mais Mario, nous ne nous aimons pas.

Elle avait parlé trop vite, avec la certitude que la réponse aux questions de la nuit venait de jaillir. Elle en éprouva aussitôt une intime satisfaction.

Elle aimait Vicente, et lui seul, de toute son âme. Pendant une heure de moto, la poitrine pressée contre le dos d'un sympathique garçon, pas un instant, elle n'avait éprouvé l'envie de poser sa joue sur l'épaule toute proche.

Le regard bleu s'était attristé. Elle comprit que sa

brutale franchise avait blessé Mario. Dans un élan
d'amitié, elle rectifia :

— Je veux dire que nous ne nous aimons pas comme
les amants de la légende.

— J'avais compris, dit-il en retrouvant son sourire.
Ne vous excusez pas. Je préfère que nous parlions avec
franchise. Vous êtes une fille qui se plaît dans les
musées. Pas moi. Vos mains soignées sont celles d'une
demoiselle et si vous avez découvert la moto, c'est
surtout pour me faire plaisir. Tout à l'heure, quand
vous chantiez, c'était aussi beau que le dimanche à
l'église. Moi, je ne connais que les *fados* de mon pays.
Pourtant, entre nous, il existe une sorte de compréhen-
sion. Moi, en tout cas, je te donne mon amitié sans
restriction.

— Je n'ai jamais eu un ami comme toi, dit-elle
vivement, heureuse qu'il la tutoie en camarade.

Ils se sourirent en échangeant un regard aussi limpide
que l'eau du lac.

— Pourquoi ce nom des *Sept Cités* ? demanda
Lorène.

— Il s'agit d'une autre légende. Dans les temps
anciens, des évêques seraient venus du Portugal pour
construire sur les flancs du volcan sept villes que Dieu
en colère aurait précipitées dans les flots.

— Aux Açores, décidément, on n'aime édifier ni des
villes nouvelles, ni des usines, ni des hôtels. Ce serait
pourtant un moyen de donner du travail à tous et
d'empêcher l'émigration.

Mario protesta.

— Regarde ce paysage. Depuis des siècles, sa splen-
deur est intacte. Si un jour elle est détruite, ce sera
uniquement par une de ces catastrophes naturelles qui
menacent l'archipel depuis sa création. Que le Ciel
nous retire ce qu'il nous a donné, nous l'admettons.

Mais nous refusons de livrer notre paradis aux bâtisseurs modernes.

Elle avait l'impression d'entendre Vicente. Curieusement, les paroles de Mario effaçaient de son esprit son espèce de rancune nourrie contre Vicente. Ce qu'elle avait pris pour de la morgue était seulement un amour profond envers une terre que ses habitants cherchaient à préserver par tous les moyens.

Mario poursuivait :

— ... Des usines, il en existe assez dans l'île pour employer ceux qui n'ont pas la nostalgie des voyages. Beaucoup d'entre nous, Açoriens, parce que nous descendons des grands navigateurs d'autrefois, ont hérité du goût d'aventure de leurs ancêtres. Sais-tu que les miens étaient français ?

Elle le regarda avec étonnement.

— La province que j'habite, dans le nord-est de l'île, s'appelle la Bretahna en souvenir des émigrants bretons qui s'y installèrent voici cinq siècles.

— Voilà donc l'explication de tes yeux bleus ! s'exclama Lorène. Et toi qui aimes pourtant ton île, tu as la bougeotte comme tes ancêtres.

— Oui et non. Dès que j'aurai gagné assez d'argent, je reviendrai m'établir au pays.

— Qu'y feras-tu ?

— J'achèterai un bout de terre et un bateau. J'aurai plus facilement le voilier que le terrain, car les propriétaires ne se séparent guère de ce qu'ils possèdent... A propos, j'ai appris des choses sur la *Quinta dos Azulejos*.

— Ah ! oui ? dit-elle vivement. Lesquelles ?

— Depuis que j'ai quitté Saõ Miguel, il s'est passé beaucoup d'événements. Eprouvé par l'âge, le comte de Lamego n'étant plus capable de gérer son domaine, sa fille unique, Carlota, est revenue du Brésil pour remettre les terres en valeur. Elle a laissé ici le souvenir

d'une créature superbe, arrogante, qui savait tout faire
à la perfection, aussi bien diriger une maison que briser
les cœurs. Toujours un peu jalouses, les femmes de l'île
n'aimaient pas que leur homme travaille pour elle. A sa
mort, certaines mauvaises langues ont prétendu que
c'était une punition du Ciel.

Un déclic. Lorène se rappela soudain la réflexion de
Johanna à l'instant où elles se souhaitaient une bonne
nuit.

— Vous dansez avec grâce, Lorène, lui avait dit la
sœur de Vicente, mais pas aussi bien tout de même que
Carlota.

Le rappel fielleux de la perfection de l'épouse
disparue avait suffi, sinon à dégriser la jeune fille, du
moins à réveiller en elle le sentiment d'infériorité
qu'elle avait éprouvé en feuilletant l'album de photos
dans la chambre de Vicente.

Ce n'était pas par vertu qu'elle avait réussi à résister
à son séducteur. C'était par un excès d'orgueil.

— Tu es bien silencieuse, remarqua Mario. Veux-tu
que nous allions jusqu'à la côte ouest ?

— Pourra-t-on s'y baigner ?

— Non. Elle est sauvage, rocheuse...

— La plage de Santa Maria, est-elle loin d'ici ?

Il rit de son ignorance.

— Santa Maria est une île à environ quatre-vingts
kilomètres de São Miguel. Ses plages sont très belles,
mais pour les atteindre, il nous faudrait un bateau.
Malheureusement, aujourd'hui, celui de mon père
n'était pas disponible.

— Un bateau, dit Lorène, j'en ai un. Il s'appelle « O
Pombo ».

— Quoi ?

Il la dévisageait avec incrédulité. Elle précisa :

— Il ne m'appartient pas, mais j'ai le droit d'en

disposer à ma guise. L'ennui, c'est que je ne sais pas
m'en servir.

— « O Pombo » ? Quel drôle de nom ! Un yacht qui
s'appelle « le pigeon », tu te moques de moi.

— Je ne me moque pas. Il s'agit d'un cruiser.
Saurais-tu le conduire ?

Elle ouvrit son sac, montra les clés. Mario jubilait.

— Aucun bateau n'a de secret pour moi, l'assura-
t-il.

— Accepterais-tu de m'apprendre à piloter ?

Pour toute réponse, il embrassa joyeusement Lorène
et l'entraîna vers la moto.

Elle crut qu'ils allaient se rompre le cou dans leur
folle course vers Ponta Delgada.

*
**

Au début, elle n'était pas rassurée. Mais très vite,
elle comprit qu'un cruiser n'était pas plus difficile à
maîtriser qu'une voiture.

La radio de bord ayant annoncé du mauvais temps
pour la fin de la journée, ils avaient renoncé à
l'excursion à Santa Maria.

— Contentons-nous d'une promenade au large de
São Miguel, décida Mario après qu'ils eurent rapidement déjeuné de sandwiches achetés sur le port.

Aussi radieux qu'un enfant avec un nouveau jouet, il
avait commencé par faire à Lorène un cours de
mécanique, s'extasiant sur des détails qui laissaient
froide la jeune fille.

— ... Six cylindres en ligne, tu te rends compte ? La
manette à fond, on pourrait atteindre quatre mille tours
minute...

Lorène, elle, admirait la ligne racée du bateau tout
blanc. Elle trouvait pratique le poste de pilotage au-
dessus de la cabine. Le pupitre du tableau de bord lui

semblait aussi compliqué que celui de la Buick, mais après quelques explications, elle avait assimilé l'usage des cadrans et des manettes.

— ... Il faut toujours conserver un œil sur le compas, lui disait Mario, sinon tu risques de te retrouver à Florès quand tu veux aller à Terceira...

Il lui montra le cap à suivre pour l'île de Santa Maria qu'ils apercevaient comme un mirage à l'horizon.

Après quelques évolutions en haute mer, ils adoptèrent une allure de croisière. Lorène trouvait amusant de tenir la barre.

— Tu es douée, la complimentait Mario.

Le ciel, si pur le matin, s'était peu à peu assombri. Les nuées filaient vers l'ouest à une vitesse qui ne semblait pas en rapport avec la brise. Lorène remarqua le phénomène et s'en étonna.

— La météo avait annoncé une tempête, dit Mario sans trop s'émouvoir. Les tourbillons se forment haut dans le ciel et c'est une chance pour les pêcheurs. En revanche, ceux qui ont pris l'avion ne seront pas gâtés.

Lorène pensa aussitôt à Vicente et ressentit une angoisse au creux de la poitrine.

— Tu veux dire qu'il y a du danger à voler ?

— A voler, non, car les appareils s'élèvent au-dessus des turbulences. Mais pour atterrir ou décoller, le remue-ménage qui se prépare sur nos têtes doit poser des problèmes. Aucun pilote ne sera assez fou pour affronter ce genre de rafale. En ce moment, l'aéroport de São Miguel doit être fermé.

— Et celui de Terceira ?

Mario eut un geste d'ignorance.

— Tout dépend du temps qu'il fait là-bas. Mais à moins de cyclone, les « jets » civils décollent et atterrissent par tous les temps à Santa Maria qui est équipée des perfectionnements d'un aéroport international... Attention ! Lorène, je t'ai conseillé de toujours prendre

la lame en biais, sinon l'étrave sort de l'eau. **Que fais-
tu ?**

— Je remets le cap sur Ponta Delgada.

— Tu as peur ?

— Non, mais je dois rentrer. **J'avais oublié la**
promesse d'un ami de m'appeler par téléphone **dans le**
courant de l'après-midi.

— N'y-a-t-il personne à la *Quinta* pour prendre la
communication ?

— Si, mais je ne veux pas décevoir mon ami.

Mario n'insista pas.

Lorène poussa la manette des gaz à fond et ralentit
seulement à l'approche de Ponta Delgada.

Mario insista pour reprendre la barre. Elle refusa.
Piloter l'empêchait de penser. Son cœur n'était plus que
prière.

« Vicente, mon amour, ne me téléphone pas
encore... »

Elle était sûre qu'il n'avait pas cherché à se poser à
São Miguel. Un pilote expérimenté comme lui n'aurait
pas commis cette imprudence. S'il était rentré à temps,
il avait atterri à Santa Maria ou peut-être à Terceira où
il avait des amis à la base américaine. De toute
manière, il cherchait à joindre la *Quinta* par téléphone
et elle voulait être là pour prendre la communication.

A trois heures de l'après-midi, le « pigeon » blanc
rejoignit sa cale de mouillage. Lorène s'arrêta comme
un champion, l'étrave au ras des pneus usés qui
protègent le mur du quai.

Le gardien, qui les avait aidés à partir, les seconda
pour arrimer le cruiser.

Dix minutes plus tard, la moto escaladait la route qui
montait à la *Quinta*. Le vent se renforçait. Des gouttes
de pluie fouettaient le visage des deux jeunes gens, leur
piquant la peau comme des aiguilles.

Malgré l'inquiétude qui taraudait Lorène, une pen-

sée la fit sourire. Elle se souvenait du mépris de
Francisco à l'aéroport pour Mario, l'émigré. Leur
arrivée bruyante né passant pas inaperçue, elle se disait
que si le chauffeur la voyait en croupe sur une moto
conduite par Mario, il en étoufferait d'indignation.

Elle l'embrassa sur la joue. Comme la pluie tombait
de plus en plus fort, elle lui conseilla de rouler
doucement.

Il dit :

— Sois tranquille. J'ai l'habitude. Ton front et ton
nez sont tachés de cambouis. Au revoir, Lorène !
N'oublie pas de me téléphoner...

Elle le suivit des yeux jusqu'à ce qu'il disparût
derrière la haie d'hortensias d'un virage.

Ensuite, elle sortit de son sac un petit appareil
attaché au porte-clés. Il s'agissait d'une minuscule
torche qu'elle braqua sur la cellule photo-électrique du
porche. Celui-ci s'ouvrit aussitôt.

Courbant la tête sous l'averse, elle courut jusqu'à la
maison.

Ce ne fut qu'en arrivant au pied des marches qu'elle
découvrit Vicente, debout sur le perron.

Habillé d'un costume gris fer, blême, le visage fermé,
l'œil accusateur, il lança d'un ton coupant :

— Bravo ! Sous vos air de « sainte nitouche », vous
ne valez pas mieux que les autres. Je vous ai aperçue en
joyeuse compagnie... Vous ne savez pas le mal que
vous me faites.

Saisie, elle s'arrêta. Il l'attrapa par un bras et
l'obligea à franchir le seuil plus vite qu'elle ne le
voulait.

— Vous... vous trompez, bredouilla-t-elle. Mario
n'est qu'un camarade...

— Assez ! trancha-t-il. Allez vous nettoyer. Vous
auriez honte de votre visage si vous le regardiez dans

une glace. J'attends vos explications dans un quart
d'heure.

Lui tournant le dos, il traversa le hall pour aller
s'enfermer dans la bibliothèque.

Elle ne mit guère plus de dix minutes pour se laver,
changer de vêtements, se recoiffer.

Passé le premier choc où la stupeur et l'indignation
l'avaient laissée sans voix, elle ressentait une sorte
d'allégresse. D'abord, Vicente ne risquait plus aucun
danger. Ensuite, il était jaloux.

« Mais oui, jaloux, se disait-elle. Dieu m'est témoin
que je n'aurais jamais usé de cette arme pour le
séduire. Mais la preuve est là. Vicente vient de me faire
une scène de jalousie. Or, on n'est jaloux que de ceux
que l'on aime... »

Tout en étalant un soupçon de rouge pour aviver ses
lèvres, elle frémissait d'espoir. N'avait-elle pas eu droit
à une sorte d'aveu ?

« ... Vous ne savez pas le mal que vous me faites... »

Elle murmura :

« Oh ! Vicente, mon amour, mon cœur, tu viens
d'exaucer mes désirs les plus fous. Et si c'est là ton
dernier atout, tu as gagné la partie. Je me rends. »

Elle sortit de sa chambre la tête dans les nuages. Un
courant d'air claqua la porte derrière elle.

Après avoir traversé vivement la galerie, elle descendit l'escalier d'un pas léger de ballerine.

Et comme l'avant-veille, elle s'arrêta à mi-étage.

Mais cette fois, ce n'était pas pour admirer Vicente
en smoking. La vue du couple enlacé, debout au milieu
du hall, la plia en deux de souffrance.

Vicente tenait Gina contre lui. Il avait passé son bras
autour des épaules de la jeune femme dans une étreinte
qui, aux yeux de Lorène, dépassait les limites de
l'amitié.

La jeune fille poussa un cri comme si on lui arrachait la vie.

Dans un éclair, elle crut percevoir la vérité.

Le jour de son arrivée à la Quinta, Vicente lui avait affirmé que Gina n'était ni son amie ni sa maîtresse.

Ou il mentait, ou il employait les mots dans leur sens littéral.

Lorène reconstituait facilement la trame de leur aventure. En avril, lors de sa présentation de collection, Gina avait rencontré Vicente au *Château de la Reine*. Ils s'étaient aimés puis donné rendez-vous pour le mois suivant. Mais Gina qui connaissait les projets financiers de Vicente avait envoyé Lorène seule, *au Château*, dans l'espoir que la jeune fille réussirait à séduire son futur président directeur général.

« ... La suite, se disait Lorène, n'a été pour eux qu'un prétexte à se moquer de ma naïveté. Ce fameux signe du destin que j'avais pris pour un bienheureux hasard avait été en fait minutieusement calculé. »

Après avoir crié, elle s'était redressée. Gina s'était écartée de Vicente. Levant la tête, elle lança à sa cousine d'une voix claire :

— Ne sois pas stupide, Lorène, je vais t'expliquer...

Mais ne voulant rien entendre, Lorène avait mis les deux paumes sur ses oreilles. Une brusque volte-face et elle courut s'enfermer dans son appartement.

Sa décision était cette fois irrévocable. Elle s'enfuirait. Il lui était maintenant facile de quitter la propriété. De sa chambre, elle pouvait passer sur le toit de la terrasse aux *azuléjos* et, de là, sauter dans la terre mouillée. Comme elle avait conservé le gadget électronique, elle ouvrirait le porche sans attirer l'attention.

Puisqu'elle avait su rentrer le bateau, elle saurait le sortir. Elle connaissait le cap pour Santa Maria. Là-bas, avait dit Mario, les « jets » décollaient par tous les temps. Elle prendrait le premier pour l'Europe.

Et si la tempête l'envoyait par-dessus bord, quelle importance ! Vincente n'en était pas à un cruiser près. Lorène, elle, avait perdu les deux seuls êtres qu'elle eût jamais aimés : Vicente et Gina. Ils l'avaient lâchement trompée. La vie n'avait plus de sens.

Depuis son adolescence, elle écrivait chaque soir une sorte de journal qui la suivait partout. Depuis son arrivée à la *Quinta,* elle y relatait sa première expérience amoureuse. Ainsi elle revivait une deuxième fois l'extraordinaire aventure qui avait bouleversé son existence.

Rapidement, elle écrivit quelques feuillets.

« ... Quand vous lirez ces lignes, Vicente, mon amour, je serai peut-être noyée. La dernière carte, c'est moi qui la joue. Mais nous n'avons gagné ni l'un ni l'autre... »

Il était cinq heures. Lucia frappa à la porte de sa chambre.

— Le thé est servi dans la bibliothèque, *menina.*

A travers le battant, Lorène répondit qu'elle était fatiguée et désirait se reposer.

Elle voulait avoir le temps d'accomplir l'irréparable.

A six heures trente, le gardien des yachts téléphona de nouveau à la *Quinta.*

A Ponta Delgada, si un propriétaire ne pilotait pas lui-même son bateau, la coutume voulait que le gardien signale tous les mouvements du navire.

Vicente prit la communication dans le hall. Gina l'entendit hurler qu'il ne comprenait rien. Elle le rejoignit et décrocha le second écouteur.

« O Pombo » venait de quitter le port. L'homme n'avait pu faire entendre raison à la *menina.* Malgré la tempête, celle-ci qui était seule et paraissait nerveuse avait pris la mer, non sans avoir heurté deux voiliers en reculant. Rien de grave. Un peu de peinture à refaire...

Vicente remercia et raccrocha.

Le buste cassé, il garda un moment la main sur le combiné. Quand il releva la tête, il semblait avoir vieilli de dix ans.

— C'est... c'est un crime, murmura-t-il. Nous l'avons tuée, Gina.

CHAPITRE IX

En découvrant Gina dans les bras de Vicente, Lorène n'avait imaginé qu'une partie du scénario.

En avril dernier, après sa présentation de collections, Gina se reposait dans un des salons du *Château de la Reine,* lorsqu'elle avait surpris une conversation entre deux hommes d'affaires qui discutaient du rachat d'une firme française. S'agissant de la société où travaillait Lorène, Gina avait tendu l'oreille.

Si le hasard avait joué un rôle, il ne l'avait tenu qu'à cet instant. Le premier acte de la pièce, Gina l'avait ensuite composé et réussi.

Parce qu'elle passait son temps à se défendre contre les avances de l'autre sexe, attirer l'attention d'un homme avait cessé depuis longtemps d'amuser la jeune femme. Cependant, si elle s'en donnait la peine, non seulement elle l'attirait, mais elle la retenait.

Avec Vicente, en un dîner, elle avait presque gagné. L'erreur de Lorène avait été de croire sa cousine capable de céder facilement.

Ce soir-là, chacun des deux protagonistes s'était contenté de faire parade de ses talents de séducteur. Ils s'étaient séparés en se promettant de se revoir. Quand ?

Gina fixerait la date en fonction de son emploi du temps.

Pourquoi Gina avait-elle choisi le jour de l'anniversaire de Lorène ? Parce que tout au long de son tête-à-tête avec Vicente, elle avait regardé celui-ci avec les yeux de sa cousine. Elle pressentait qu'entre Lorène et lui, l'étincelle pourrait jaillir. Aussi s'était-elle arrangée pour laisser la jeune fille seule ce soir-là au *Château de la Reine*.

La suite s'était déroulée comme elle l'espérait, avec toutefois une variante qui l'avait rendue folle de rage.

Ignorant que Lorène lui avait raconté un mensonge, elle avait attrapé le téléphone et dit ses quatre vérités à celui qu'elle tenait pour un suborneur.

D'abord surpris, puis amusé, il ne l'avait pas détrompée.

Et par la suite, Gina n'avait eu aucun soupçon. Malgré son expérience, elle avait cru, comme Lorène, à une sorte de conte de fées. Connaissant les hommes, elle s'était dit que celui-là se moquait bien de réparer ses torts. Il avait probablement pris en secret des renseignements sur Lorène et trouvé ceux-ci assez probants pour faire de la jeune fille une collaboratrice. Gina pensait que Lorène serait déçue dans son cœur, mais que ses succès professionnels la consoleraient.

Chacun des trois personnages ayant dissimulé aux deux autres une partie de la vérité, ces faux mystères, ces secrets, en s'accumulant, avaient servi de détonateur à la tragédie.

L'avant-veille, de la *Quinta,* Vicente avait appelé Gina.

Il ne pouvait rien préciser au téléphone. Elle devait venir le rejoindre immédiatement. Le même jour, à seize heures, un avion partait de Roissy pour Lisbonne. A l'arrivée dans la capitale portugaise, Gina trouverait Vicente à l'aéroport.

On ne manœuvrait pas le pétulant mannequin aussi
facilement que la tendre Lorène. Gina avait protesté.
Vicente la réveillait à six heures du matin, un
dimanche, le seul jour où elle pouvait se reposer...

Alors il s'était excusé. Au cours de leur rencontre,
elle lui avait confié qu'elle ne s'endormait jamais avant
quatre heures du matin. A São Miguel, il était quatre
heures. Il avait oublié le décalage horaire.

Pour qu'un grand voyageur comme lui ne songe pas à
la différence d'heure entre les deux pays, il fallait que
quelque chose fût détraqué dans sa tête.

Coupant court à ses explications, Gina avait dit :

— D'accord. Ce soir, je serai à Lisbonne.

Et elle avait raccroché.

Ils avaient dîné dans l'hôtel le plus luxueux de la
ville. Gina ne resta pas longtemps sur ses gardes. Tout
de suite, elle comprit qu'il ne l'avait pas fait venir avec
une arrière-pensée plus ou moins trouble.

Vicente possédait l'art d'exposer clairement les situa-
tions. Avant les palombes truffées du menu, Gina
savait qu'il s'était engagé dans une aventure à laquelle il
ne voyait aucune issue. Ne s'était-il pas heurté à un
refus lorsqu'il avait offert à Lorène de l'épouser ?

Gina avait haussé les épaules.

— Lorène a du mariage une autre idée que la vôtre.
Pour elle, il est le couronnement d'un amour réci-
proque.

— Qui vous dit que je ne l'aime pas ?

— Vous lui avez avoué ?

— Certainement pas, avait-il rétorqué d'un ton fier.
J'ai dix-huit ans de plus qu'elle. Pourquoi m'exposerais-
je à son petit sourire de dérision ?

— Votre orgueil vous aveugle. Dès qu'elle vous a

vu, Lorène s'est enflammée pour vous. C'est uniquement par amour qu'elle a accepté de s'exiler à Ponta Delgada.

Il avait nié ces paroles d'un geste rageur.

— Un élan charnel dans lequel le cœur n'a aucun rôle.

Gina qui l'observait en connaisseuse l'avait raillé.

— Comme si vos sentiments pour elle étaient exempts de sensualité ! Racontez cela à d'autres. Pas à moi.

— Vous ne comprenez rien. Du reste, je ne me comprends pas moi-même. L'autre nuit, je l'ai tenue dans mes bras, à ma merci, et j'ai pourtant su maîtriser mon désir, ce qui, je vous le jure, n'était guère facile. Mais je la voulais consentante. Or, elle ne l'était plus. Sans rien préciser, elle m'avouait qu'entre nous existait un obstacle insurmontable. J'attends que vous m'éclairiez sur la nature de cet obstacle.

Comme Gina le regardait d'un air stupéfait, il avait insisté avec impatience :

— Avait-elle un ami, un fiancé ?

Gina avait fait non de la tête. Elle ne comprenait pas le comportement de sa cousine.

— Avez-vous entendu parler d'un dénommé Mario ?

Comme elle haussait des sourcils interrogateurs, il avait précisé :

— Un garçon aux yeux bleus, à peu près de son âge. Il a voyagé avec elle. A l'arrivée, Lorène a contraint mon chauffeur à un détour afin de déposer ce jeune homme dans le centre de Ponta Delgada.

— Un simple geste de gentillesse à l'égard d'un compagnon de route. Elle a beaucoup de cœur.

« Lorène ne se serait pas amourachée d'un garçon de son âge après avoir été subjuguée par un personnage aussi fascinant que Vicente », pensait Gina.

Un souvenir lui avait fait pressentir la vérité.

Le soir de la présentation de collections, Vicente avait parlé librement à Gina. Il avait été marié et son union s'était soldée par un échec. Un mariage de convenance pour réunir de puissants intérêts. Une épouse hystérique, dont il s'était séparé sans divorce après des mois d'enfer. Trois ans auparavant, Carlota qui résidait à la *Quinta* était décédée en mettant au monde un enfant mort-né qui, bien sûr, n'était pas de lui.

Gina avait levé la main en signe de victoire.

— Je crois avoir découvert l'obstacle. Quelqu'un lui aura parlé de votre femme. Peut-être même a-t-elle découvert un portrait de Carlota qui, m'avez-vous dit, était fort belle. Je suis certaine que ma cousine s'est monté la tête et s'imagine que vous continuez d'aimer passionnément Carlota.

— Si seulement vous pouviez dire vrai ! avait soupiré Vicente.

L'avion personnel de Vicente les emmena à Ponta Delgada à l'heure du déjeuner.

N'ayant pu décider son hôte à mettre sa sotte vanité dans sa poche, Gina avait accepté de parler à Lorène.

Quand ils arrivèrent à la *Quinta,* le maître d'hôtel venait de recevoir un message téléphoné du gardien chargé de veiller sur les yachts au mouillage dans le port de plaisance.

« O Pombo », le cruiser du *senhôr* de Ribeiro, était sorti vers une heure, piloté par un jeune Açorien aux yeux bleus qui semblait s'y connaître en navigation. Une Française l'accompagnait.

Gina sentit vaciller ses belles théories.

Sur le visage de Vicente, la souffrance était devenue

presque palpable. Il toucha à peine aux plats que les domestiques lui présentaient.

Au café, pris dans la galerie aux *azulejos,* il sortit enfin de son mutisme pour avouer qu'il n'aurait pas cru que l'orgueil bafoué pût faire aussi mal.

Gina gardait le silence.

A trois heures, le gardien téléphona de nouveau.

« O Pombo » venait d'accoster. Rien à signaler, sauf que la jeune demoiselle tenait la barre.

— Venez, dit Vicente à Gina. De la tour, nous allons les guetter. Il va sûrement la raccompagner jusqu'ici.

Avant même de la voir, Gina avait entendu la moto. Vicente, lui, la suivait aux jumelles depuis que le couple avait bifurqué dans la route sinueuse qui montait à la propriété.

Il tendit l'instrument à la jeune femme.

— Reconnaissez-vous ce garçon ?

Elle ajusta les verres à sa vue, puis hocha négativement la tête.

C'est alors que Vicente eut une idée démoniaque.

— Vous prétendez qu'elle m'aime ? Alors, mettons-la à l'épreuve. Si vous dites vrai, elle plongera dans l'enfer de la jalousie.

Il dicta ses attitudes à Gina. Elle protesta. Fou de rage, il insista, voulant son test.

Il l'obtint.

Quand il avait entendu Lorène crier, il ressentait encore un dépit si intense qu'il empêcha Gina de courir derrière la jeune fille pour la détromper.

— Laissez-la bouder. Son hurlement n'a peut-être été qu'une réaction de stupeur. Attendons-la. Elle viendra nous demander des explications.

Ils écoutèrent des disques dans la bibliothèque. Lucia leur servit le thé en précisant que la *menina* s'excusait de ne pas descendre. Elle était fatiguée et désirait se reposer.

Las d'attendre, Vicente et Gina décidèrent d'un commun accord de mettre fin à l'incertitude de Lorène.

Ils sortirent de la bibliothèque au moment où la sonnerie du téléphone retentissait. Le gardien des yachts signalait le départ en catastrophe du cruiser.

Devant l'accablement de Vicente, Gina réagit. Elle affirma que Lorène était une fille équilibrée. Même brisée de douleur, elle n'irait pas se jeter sottement à l'eau. Après tout, rien ne prouvait que c'était bien elle qui faisait du slalom entre les voiliers.

Fous d'espoir, Vicente et Gina coururent jusqu'à la chambre de Lorène. La porte n'était pas verrouillée. La fenêtre était ouverte. Sur la table, bien en évidence, il y avait un gros cahier d'écolière aux feuillets couverts d'une fine écriture : le journal de Lorène.

Habitué aux dossiers, Vicente parcourut rapidement les derniers feuillets. Plusieurs pages retinrent particulièrement son attention.

Sur le seuil, paralysée par la stupeur, Gina le regardait sans pouvoir prononcer un mot.

Quand il releva la tête, ses yeux noirs reflétaient une si poignante désolation qu'elle joignit les mains dans un geste de prière.

— Ne me dites pas...

Sans lui laisser le loisir de continuer, Vicente l'écarta de son chemin et se rua dans l'escalier.

Il décrocha le téléphone, appela la base américaine de Terceira, demanda que l'on envoie des hélicoptères pour survoler une vaste zone entre les îles de São Miguel et de Santa Maria...

L'opération semblait comporter de sérieuses difficultés. D'une voix précise, il les écartait l'une après l'autre.

Gina qui l'avait rejoint suivait la montée de l'angoisse dans son regard.

Le correspondant lui demanda de patienter. La base

allait essayer de prendre contact par radio avec le cruiser. Vicente fournit les coordonnées.

— C'est impossible, elle n'a pas pu se servir de votre cruiser, disait Gina. Lorène n'a jamais piloté un bateau.

Vicente masqua le micro de sa paume.

— Je le sais depuis que j'ai parcouru son journal. Mais je sais aussi qu'elle connaît maintenant l'essentiel pour manœuvrer. De toute manière, après la sortie de ce matin, les réservoirs ne contiennent plus guère de carburant. Elle dérivera vers l'ouest. L'embarcation est stable par temps calme. Mais par forte houle et le moteur arrêté, ce peut être la catastrophe... Allô! oui, je vous écoute... « O Pombo » ne répond pas?... Je vous en conjure, essayez encore.

Il raccrocha, enfila un ciré.

Gina protesta.

— Pourquoi partez-vous? Que pourrez-vous faire?

— Rejoindre l'équipe de sauvetage de Ponta Delgada. Je connais bien le patron des canots. Les hélicoptères de la base américaine vont probablement entrer en contact avec lui par radio. Si les canots prennent la mer, je veux accompagner les sauveteurs. Il reste à peine une heure de jour pour effectuer les recherches. Après...

Sa voix se brisa.

Il ouvrit la porte, se retourna vers Gina.

Elle avait l'impression qu'il ne la voyait pas, qu'il restait hanté par la vision de Lorène remontant en courant vers sa chambre. Il continuait sûrement d'entendre son cri.

— Ecoutez-moi, Gina. Par notre maladresse, nous l'avons peut-être envoyée à la mort. Mais si, par miracle, elle en réchappe, je vous téléphonerai aussitôt de Ponta Delgada.

Il lui accorda l'aumône d'un sourire avant d'ajouter :

— Et si le Ciel exauce ma prière, croyez-moi, je ne serai pas un ingrat. Vous aurez votre boutique de prêt-à-porter.

Le vent qui s'engouffrait dans le hall menait un tel tapage qu'elle pensa avoir mal entendu.

— Je ne comprends pas...

— Lisez le journal de votre cousine, lui conseilla-t-il. Elle y parle de votre rêve. Quant au sien...

Il réprima un sanglot.

— Comment ai-je pu me montrer aussi aveugle ? murmura-t-il.

Il faisait nuit depuis deux heures. La tempête ne faiblissait pas. Gina avait attendu en vain l'appel téléphonique de Vicente. Pour tromper son angoisse, elle continuait de déchiffrer les notes de sa cousine.

A présent, sa crainte était devenue certitude. Elle ne reverrait jamais Lorène.

Elle en arrivait à penser que Vicente s'était noyé, lui aussi. Comment expliquer autrement son silence ?

Dès que le moteur avait commencé à hoqueter, Lorène avait regardé la jauge. Ce genre de panne n'était pas nouveau pour elle. En voiture, parce qu'elle s'était laissé surprendre, elle emportait toujours un jerrican d'essence.

Dans le ventre du bel oiseau blanc, peut-être existait-il un réservoir de secours ?

Elle se posa la question puis l'oublia. De toute manière, en embarquant, elle avait su qu'elle n'atteindrait pas l'île de Santa Maria. Ses connaissances en navigation étaient trop limitées. Une mer plate, à la rigueur, elle aurait su l'affronter. Mais avec les vagues qui soulevaient le bateau et le faisaient rebondir comme une balle, la partie était perdue d'avance.

Le moteur arrêté, elle coupa le contact, mais oublia de brancher la radio de bord.

Elle sortit sur le roof au moment où une lame déferlante balayait tout sur son passage. L'instinct de conservation la fit s'agripper à la main courante.

« Je n'ai même pas le courage de mourir », pensa-t-elle.

Elle descendit l'échelle et se retrouva au sec dans le carré. Les bordés et le sol étaient recouverts de caoutchouc. Au centre, une table était vissée au plancher. Sous les hublots, deux canapés pouvaient servir de couchettes.

Elle s'assit, plongea la tête dans ses mains et tenta de se persuader qu'elle faisait un cauchemar. Elle allait bientôt en émerger. Aussitôt, elle courrait annoncer à Vicente qu'elle acceptait sa défaite. Même si une telle joie se limitait dans le temps, perdre son pari en se soumettant au seul désir de Vicente lui apparaissait comme du bonheur en comparaison de cette affreuse vision qui continuait de la hanter : Gina et Vicente dans les bras l'un de l'autre... Non, c'était impossible. Elle avait rêvé cette scène. Dans quelques minutes, elle se réveillerait dans son lit à baldaquin de la *Quinta*.

Une houle prit le bateau de travers, le fit rouler d'un bord sur l'autre.

Projetée violemment, en avant, Lorène cogna du front contre la table et perdit connaissance.

Quand elle revint à elle, sa première pensée fut tout naturellement celle qui occupait son esprit au moment du choc.

Ses yeux s'ouvraient sur un décor qui n'était pas exactement celui d'un ciel de lit. Au lieu du baldaquin, elle voyait un plafond capitonné de cuir blanc avec, au centre, un cabochon de lumière semblable à un gros diamant.

Elle était allongée sur la banquette arrière d'une voiture. Détail sans importance, car Vicente était penché au-dessus d'elle.

Une expression d'intense soulagement la transfigura.

— Oh! Vicente, j'ai fait un horrible cauchemar.

— Je sais, mon amour.

Les yeux noirs pétillaient. La tendresse de la réponse était si inhabituelle que Lorène étira lentement son sourire.

— Vous jouez là votre dernier atout? Eh! bien, je me rends. Vous avez gagné, Vicente...

Elle ne put continuer. Il lui avait relevé doucement la tête et lui embrassait les lèvres. Sa bouche qui n'était que douceur cherchait moins à réveiller les sens de la jeune fille qu'à lui démontrer le tendre amour qui le guidait.

Un moment, elle se laissa griser par l'émotion. Puis Vicente s'étant arraché à la douceur envoûtante de ce baiser, elle le regarda avec passion.

— Vous êtes vraiment très fort... commença-t-elle.

Soudain, ses idées se coordonnèrent. La mémoire lui revenant, elle se redressa, repoussa la couverture qui recouvrait ses vêtements trempés. Un sanglot brisa sa voix.

— Mais non, je n'ai pas rêvé... C'était épouvantable. Gina et vous...

Alors Vicente la prit dans ses bras. La berçant comme une enfant, il lui avoua :

— Je vous aime. Lorène, ma chérie, je vous aime comme je n'ai jamais aimé une femme. Au *Château de la Reine,* vous m'avez d'abord intrigué, puis amusé.

Cependant, je vous aurais vite oubliée s'il n'y avait eu
le coup de fil à Rio de votre cousine. La suite, vous la
connaissez. Mais ce que vous ignorez, c'est que j'étais
trop orgueilleux pour vous avouer mon amour. Tout à
l'heure, j'ai parcouru votre journal et compris à quel
point j'avais été aveuglé par ma stupide fierté…

Entrecoupant son aveu de tendres baisers, il lui
expliqua ensuite la vérité au sujet de Carlota. Puis il lui
raconta son entrevue avec Gina.

— … C'est moi qui ai imaginé ce scénario qui vous a
tellement bouleversée. Me pardonnerez-vous?

Il lut la réponse dans le regard aimant de la jeune fille
et ajouta :

— Pauvre Gina! Elle doit être dévorée d'inquiétude. J'ai oublié de lui téléphoner que tout s'était bien
passé. La nuit tombait lorsque je vous ai transportée
dans ma voiture. Je vous ai laissée vous reposer
pendant que j'offrais à boire aux hommes du canot.

— De quel canot?

Il raconta comment, de son hélicoptère, le colonel
Waine avait prévenu par radio le poste de secours de
Ponta Delgada, guidant du ciel les sauveteurs vers
l'endroit où dérivait le cruiser.

— … J'avais tenu à accompagner les marins. Je suis
monté à bord du yacht et vous ai découverte, inanimée,
sous une des couchettes. Oh! ma chérie, quand j'ai
compris que vous viviez, j'ai éprouvé une joie si vive
que je me suis juré, si vous acceptiez d'être ma femme,
de vous accorder tout ce que vous pourriez désirer.

Lorène s'écarta légèrement de lui. Un sourire heureux mais pétillant de malice illuminait son visage.

— Vraiment tout ce que je désire?

Il approuva en l'embrassant de nouveau.

— Alors, nous habiterons le *Château de la Reine*.

Il rit.

— Je n'ai aucun mérite à accepter, dit-il. **Non**

seulement c'est ma demeure préférée, mais trouvant
cet établissement très mal géré, j'en ai renvoyé dernniè-
rement le directeur.

— Vous avez eu raison. Il n'était pas à la hauteur de
sa tâche, approuva Lorène.

Et après une légère hésitation :

— Vicente, je voudrais faire de cette demeure le
meilleur hôtel de la région. Naturellement, je le
dirigerais.

— Pas question ! se rebella Vicente. Je ne vois
vraiment pas pourquoi ma femme travaillerait.

L'orgueil et l'autorité vibraient de nouveau dans sa
voix.

Alors Lorène lui fit un collier de ses bras. Posant sa
joue sur la poitrine de Vicente, elle murmura doucement :

— Un jour, je vous ai menti. En réalité, mon rêve,
c'était d'écouter battre votre cœur... Mais vous,
Vicente, n'oubliez pas votre serment. Mon bien-aimé,
vous avez juré de m'accorder tout ce que je désirais.

Désarmé, il sourit.

— Un certain après-midi, ne vous ai-je pas dit que
vous étiez capable de mener un homme à sa perte ?
Vous m'en donnez la preuve aujourd'hui.

— Je ne veux rien d'autre que vous aimer passionnément, protesta-t-elle. Mais en même temps, je serais
heureuse de voir dans votre cher regard une étincelle
d'admiration. Le *Château de la Reine,* Vicente, ce sera
mon œuvre. A votre gloire, mon amour.

Ils s'embrassèrent avec autant de fougue que de
tendresse. Les doutes et les chagrins étaient oubliés. Le
passé n'existait plus. Devant eux s'ouvrait un chemin de
lumière et ils s'y engageaient étroitement enlacés.

Collection Harlequin

Les chefs-d'oeuvre du roman d'amour

Recevez *chez vous* 6 nouveaux livres chaque mois... et les 4 premiers sont GRATUITS!

Associez-vous avec toutes les femmes qui reçoivent chaque mois les romans Harlequin, sans avoir à sortir de chez vous, sans risquer de manquer un seul titre.

Des histoires d'amour écrites pour la femme d'aujourd'hui

C'est une magie toute spéciale qui se dégage de chaque roman Harlequin. Écrites par des femmes d'aujourd'hui pour les femmes d'aujourd'hui, ces aventures passionnées et passionnantes vous transporteront dans des pays proches ou lointains, vous feront rencontrer des gens qui osent dire "oui" à l'amour.

Que vous lisiez pour vous détendre ou par esprit d'aventure, vous serez chaque fois témoin et complice d'hommes et de femmes qui vivent pleinement leur destin.

Une offre irrésistible!

Oui, 6 romans passionnants chaque mois... n'en manquez pas un seul!

En vous abonnant à la Collection Harlequin, vous êtes assurée de recevoir chaque mois six nouveaux titres inédits – et de vous constituer ainsi une précieuse bibliothèque de chefs-d'œuvre de la littérature romantique.

Vous passerez des moments agréables, en compagnie d'auteurs comme Violet Winspear, Roberta Leigh, Kay Thorpe, Margery Hilton et d'autres écrivains réputés, qui ont fait des romans Harlequin un succès sans précédent dans le domaine de l'édition.

Votre abonnement vous permet donc de recevoir tous les mois, à votre porte et sans que vous ayez à vous déranger, une précieuse source d'évasion en notre époque agitée.

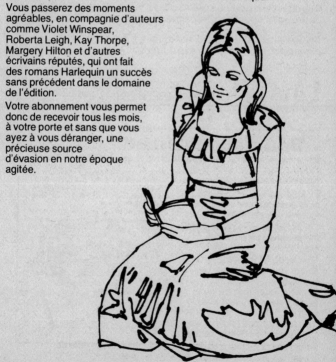

6 des avantages de vous abonner à la Collection Harlequin

1. Vous recevez 6 nouveaux titres chaque mois. Vous ne risquez pas de manquer un seul des volumes de vos auteurs Harlequin préférés.

2. Vous ne payez que $1.75 chacun (soit $10.50 par mois), sans frais de port ou de manutention.

3. Vous pouvez annuler votre abonnement à tout moment pour quelque raison que ce soit…
   ou même sans raison!

4. Vous n'avez pas à sortir de chez vous: de nouveaux volumes vous sont livrés par la poste chaque mois.

5. "Collection Harlequin" est synonyme de "chefs-d'œuvre du roman d'amour": vous ne risquez pas d'être déçue.

6. Les 4 premiers volumes sont tout à fait GRATUITS: ils sont à vous, même si vous n'achetez pas un seul volume de la collection!